Till Sven Sköld, min fantastiske farfar.

Fågel Fenix

Victor Sköld

Förlag: BoD – Books on Demand, Stockholm, Sverige
Tryck: BoD – Books on Demand, Norderstedt, Tyskland
ISBN: 978-91-7969-886-7

"Wer glaubt etwas zu sein, hat aufgehört etwas zu werden.

Den som tror sig vara någon, har upphört att försöka bli någon."

- Sokrates

Förord

Under min promenad mot mitt tredje psykologmöte i livet, var en uppenbarelse nära. Acceptansen att jag, den självupplevda starka och drivna personen, led av psykisk sjukdom hade tagit över. Det var dags att förstå att mina murar var nerrivna. Att det nu inte var en fråga om att hålla upp en fasad längre, snarare att släppa ut känslorna och att förstå att det var dags att få vara svag.

Under många år hade jag ignorerat de kraftiga gråtattackerna, de återkommande ångestkänslorna och de ilskna känsloexplosionerna. Det var sådan jag var som person och det fick vara så, även om jag många gånger kände att det var ett ohållbart sätt att leva ett liv. Mina känslor kändes som om de satt utanpå min hud och att de ständigt försökte påverka min vardag.

Under min promenad på väg mot min nya framtid och person, kände jag inte längre att jag behövde be om ursäkt för mina panikattacker eller min ångest. Inte längre be om ursäkt för det som gjorde det problematiskt att passa in i ett samhälle där svaghet är ett problem. Den manliga stereotypen är död för mig, det är en stereotyp som inte passar in i varken mitt liv eller dagens samhälle. Min högkänsliga personlighet är mitt jag och kommer vara det i all framtid. Mina känslor är till för att få kännas och att få släppas fria.

Att inte kunna vara bland människor, att inte kunna sitta i ett flygplan/tåg eller att inte kunna gå på bio utan att känna hur kroppen skriker efter att få fly är en hemsk upplevelse. Ännu

hemskare är det att i denna psykiska sjukdom
inte bli hörd eller förstådd. Men med min
kämpaglöd och självständighet tog jag mig långt
med hjälp av min resurs i det ljusa
terapikontoret under våren 2019. Utan den
professionella hjälp jag fick hade troligtvis mitt
liv inte sett likadant ut.

Mina huvudpersoner i denna bok, Alexander
och Moritz, saknar båda kunskaper om sina
känsloregister. De växer båda två upp i
samhällen där känslor inte är till för att kännas,
snarare kvävas. De kämpar sig igenom en
vardag av manliga stereotyper och stöter på
människor som inte respekterar att vi faktiskt är
olika. Deras känsloregister finns där av en
anledning men ignoreras och tolkas som
svaghet, även av dem själva. Men känslorna är
där för att få släppas fria och för att få
möjligheten att kännas, inte hållas tillbaka. Det
gör bara ont att ignorera det som bör kännas,
vilket båda inser efter tid.

Idén till denna bok fick jag i samband med min psykiska ohälsa och genom mina psykologmöten. Det är en historia om att försöka komma på fötter i en värld där omgivningen verkar sköta sitt utan att blotta minsta lilla känsla av hopplöshet. Historien om Alexander och Moritz är en spegling av det samhälle vi har idag som inte vill eller kan lyssna på de som är sjuka innanför kroppen. Det är sjukdomen utanpå som går att se och känna, men vindarna är på väg att vända. Alltfler indikationer visar på att personer som jag, Alexander och Moritz kommer få den hjälp och expertis som de behöver. Politiken kring psykisk ohälsa har börjat prioriteras i ett ibland så kallt och skoningslöst samhälle. I sinom tid har vi en friskare ungdom som blir hörd och som får möjlighet att känna saker, utan att anses vara personer som "tänker efter för mycket" eller anses vara svaga i sinnet.

Tack för att ni tar del av denna bok, den betyder mycket för mig. Hoppas den ger en liten insikt i hur det är att lida av den osynliga sjukdomen som psykisk ohälsa faktiskt är. För som min psykolog en gång sa: "Att visa dig svag är något av det modigaste du kan göra".

Prolog: Potsdam, 2020

Ett pendeltåg rusar förbi i periferin. Hastigheten får bilen jag sitter i att gunga till som om den blivit skrämd och försöker återfå balansen. Motorn i bilen ger samtidigt ifrån sig ett kort men starkt gnisslande ljud, som om den ropar på understöd. Jag funderar om den blev lika överraskad av tågets förbifart som jag, nästan som om den var en levande varelse.

Tågrälsen passerar höger om bilen jag färdas i och den leder bortåt mot en perrong som befinner sig längre bort på höjden. Jag följer tåget som är ett typiskt tyskt pendeltåg med sitt säregna "S" på sidan av alla dörrar. Detta har jag sedan länge varit underrättad om förtydligar att tågets resor sker ovan jord till skillnad från dess underjordiska motsvarighet. Min blick fortsätter följa tåget och vid perrongen på höjden ser jag hur pendeltåget stannar till. Dess dörrar öppnas upp och ur väller människor som alla ser ut att ha bråttom. Bilen stannar till vid ett trafikljus och jag hör ur gnisslet från motorn återvänder.

Trafikljusets röda färg lyser med sitt sken och speglas i mitt och min farfars ansikten. Jag kisar med mina ögon för att undvika att bli alltför bländad samtidigt som jag studerar bilens inredning. Alla säten är vinröda med läderklädsel, sådan jag enbart sett på film fram till den dagen jag för första gången såg min farfars bil i Tyskland. Vid varje rörelse ger lädret ifrån sig ljud och lukten från detsamma berättar en liten historia om dess ålder. Bilen är långtifrån ny och farfar har berättat hur stolt han var när han köpte den i samband med sin återkomst till sitt hemland. Lädret skriker till av våra gemensamma rörelser när farfar placerar foten på gasen och det röda ljuset i våra ansikten blir till grönt.

När jag inte längre kan se rälsen vid sidan av vägen som vi färdas på, förstår jag att vi äntligen lämnar storstadens myller bakom oss. Vi åker i lugn takt på skogsvägar som omges av träd som nästintill skapar tunnlar runt vägen. Jag har alltid känt mig tillfreds i dessa miljöer, trots att det länge var den pulserande staden bakom oss som fick mig att vilja besöka farfars hemtrakter. Staden talade till mig redan som ung och när jag sedan blev medveten om dess omgivningars skönhet blev det nästan en självklarhet att tillbringa viss ledig tid i Tyskland. Bladen på träden rör sig som följd av vår bils hastighet och det påminner om hälsningar, som diskreta vinkningar. Jag är välkommen tillbaka till min släkts ursprung.

Mitt intresse för det kalla kriget och alla dess otroliga anekdoter var alltid prioritet under gymnasiet och min möjlighet till information genom min farfars personliga upplevelser gjorde inte saken sämre. Via ett enkelt samtal till honom kunde jag ibland förvärva mig kunskap om händelser som ingen annan i min klass hade tillgång till. Ibland fick farfar till och med be mig sakta ner i min iver kring den historiska perioden. Han påminde mig om att allt som skedde under det kalla kriget inte var fantastiskt och oskyldigt, mycket allvar fanns i de beslut som togs. Trots min unga ålder var farfar dock oftast tydlig och målande i sina återgivningar av händelser som han både var delaktig i men även observerade på håll.

Bilens ratt är enorm i omfånget. Farfars armar är nästan helt utsträckta när han navigerar oss igenom skogen där träden fortfarande skymmer himlen och omger vägen. På bägge händer har farfar läderhandskar som sett bättre dagar. Dock är det tydligt hur hans grepp är järnhårt kring den stora ratten till följd av lädrets eliminering av minsta lilla glid mellan händer och ratt. De raka armarna rör sig i en lång rörelse när vägen svänger i en snäv kurva. Farfar ler mot mig eftersom han vet om hur komiskt det ibland ser ut med de raka armarna som manövrerar den enorma ratten.

På radion spelas tyska sånger från 70-talet, vilket radioprataren inte är sen att poängtera både innan, under och efter låtarnas gång. När Udo Lindenberg, en tysk artist som är omåttligt populär bland de äldre, utannonseras av radioprataren hör jag hur farfar skrattar till av glädje. Låten "Durch die schweren Zeiten" börjar spelas och jag ser hur farfars läderhandskar klappar på den enorma ratten i takt med musiken. I samma stund märker jag hur mina egna händer också följer takten mot mina lår.

Potsdam, som ligger ett par mil utanför Tysklands huvudstad, har alltid varit vår släkts absoluta centrum enligt min farfar. Sedan hans farfar kom dit under tidigt 1800-tal finns ingen annan historia att berätta. Ingen del av vår släkt har heller vågat fråga varför det blivit just Potsdam som fått prägla den gemensamma historien.

I staden utanför den stora staden är människorna omgivna utav sjöar och livlig natur, en bristvara i ett Berlin som mer och mer andas nymodighet och kommersialism. Till Potsdam går absolut inga turistbussar mer än till den nationella filmstudion som producerar klassiska deckarserier och dokusåpor som inte ens den mest hängivne tysken har tålamod eller intresse att konsumera.

Självklart finns även det gamla slottet i centrala delarna av staden, men det är både ointressant och avskyvärt fult enligt min farfar. Dessa aspekter har sedan jag för första gången satte min fot i Potsdam varit en anledning för min farfar att visa mig utkanterna av staden istället. Lite paradoxalt anser farfar att man inte är en äkta berlinare om man inte vet hur vackert Potsdam är. Detta trots att Potsdam fram till murens fall var en del av Östtyskland och svåråtkomligt för den västra delen av Berlin. Västtysken med sina bestämda åsikter är dock ständigt närvarande, oavsett om åsikterna är rimliga eller inte.

Motorn i farfars gamla mercedes gnisslar ännu en gång när han för sina händer över den stora ratten för att möjliggöra en sväng. När han slår på blinkers i riktning höger rör sig till och med hastighetsmätaren i otakt med den egentliga hastigheten. Jag skrattar till och gör tummen upp i farfars riktning. Han sneglar i min riktning och slår sedan hårt på instrumentbrädan med sin kraftiga näve. Hastighetsmätaren följer återigen rätt takt och när svängen är avklarad slutar ljudet att ljuda.

"Autos des Westens sind für immer besser als die Volvos und, wie sagt man, die Saabs?" säger han med ett leende och fortsätter köra oss mot vår destination.

Vår första anhalt i Potsdam är en av farfars favoriter mitt i ett av alla vackra skogsområden. Här finns en naturlig parkering för bilen där det en gång stod flertalet trä. Runt parkeringen finns vildvuxna blommor i alla möjliga färger och gräset är ljusgrönt, nästintill mintgrönt. Solen skiner ner på platsen och ett par bänkar finns utspridda utefter grillplatsen. Här är det tillåtet att grilla till skillnad från andra platser runt om Potsdam eftersom kommunen lagt ut grus för att förhindra bränder som varit ett återkommande problem.

Första gången farfar visade mig denna plats var även min pappa motvilligt med. Det var innan min farfar till sist valde att flytta tillbaka till Berlin år 2009 efter många år i Sverige. Då fanns inte gruset här men vad jag kan minnas så var det minst lika vackert. Man kan fortfarande höra hur fåglarna bygger sina hem och hur hararna illa kvickt skuttar iväg vid minsta tecken på hot. Farfar lyfter ur den lilla grillen som han påstår följde med i köpet av bilen ur bakluckan. Jag greppar tag i säcken med grillkol och stänger sedan igen luckan med en hård duns. Snart är det äntligen dags att äta dagens första korv med farfars traditionsenliga potatissallad, tänker jag när jag tar rygg på farfar.

Skinnet på korven nästan smattrar när grillens värme öser sig mot korven. Varsamt flyttar farfar korvarna fram och tillbaka utefter hur grillytan utvecklar sig. Jag observerar hur han metodiskt väljer ut de korvar som bör flyttas och de som fortfarande behöver uthärda värmen från den allt varmare grillen. Farfar nynnar på en av de nyare låtarna av artisten Cro, en maskbärande artist som oftast sjunger rapmusik på tyska. Jag blir imponerad men ännu mer förvånad och nästan ropar: "Lyssnar du på Cro, farfar?!"

Han tittar upp från sitt grillande och svarar mig med rynkad panna: "Ja, klar, es ist die einzige Musik, die du anhörst."

Jag förstår vad han menar, det är svårt att inte bli smittad av musik som jag spelat hela vägen från Berlins innerstad, bortsett från 70-talets låtar på radion. Men min stolthet över att han visat ens det minsta intresse kring nya saker tar överhanden, detta eftersom han är och alltid har varit en konservativ person gällande inte minst musik.

Vi äter korven med potatissalladen i tystnad och låter maten mätta vår hunger. Naturen runt oss räcker gott och väl. Fåglarna flyger fram och tillbaka mellan träden som massor av flygplan på väg mot olika destinationer och ibland ser vi hur en hare eller ett rådjur skyndar förbi. Solen skiner på oss båda när vi tar några av de sista tuggorna av korvarna. Den starka ketchupen som kryddats med massvis av curry, ett typiskt tillbehör till korv i varje tysks hem, gör att jag tömmer en av vattenflaskorna utan att tänka mig för. Jag avslutar måltiden med en högljudd rap och min farfar som sitter med munnen full av bröd skakar på huvudet. Under tiden som farfar försöker tampas med brödet i munnen packar jag ihop det jag kan packa tillbaka ner i bakluckan medan grillen sakta svalnar. När farfar reser sig upp tackar vi båda varandra för maten och lyfter gemensamt in det sista i bilen och slänger skräpet i den närliggande sopstationen.

Det sista stoppet för dagen blir den stora sjön som omger Potsdam. Vid en av de större vikarna finns möjligheten att hyra en roddbåt ett par timmar utefter behov, allt för att den havssuktande berlinaren ska ha möjlighet att njuta av båtlivet. Vi parkerar farfars bil i närheten av uthyrningsstationen där det med stora bokstäver står skrivet att enbart gäster till uthyrningens verksamhet får husera sina fordon.

I båten turas vi om att ro och snart är vi i mitten av sjön när farfar slänger ner ett mindre ankare för att få stopp på båten. Jag tittar på hur han knyter en stadig knut med repen som finns i båten. De effektiva handrörelserna och det beslutsamma tillvägagångssättet går inte att ignorera. Mina tankar skenar iväg och jag börjar fundera kring varför farfar inte berättat särskilt mycket om sin tid i den västtyska marinkåren. Eller varför varken han själv eller min nu bortgångna farmor aldrig valt att berätta hur de träffades.

Ursäkterna har länge haglat och jag har fått höra att det var en tid som inte går att beskriva med rättvisa. Att det då rådande kalla kriget var en påfrestande del av deras relation i kombination med att uppfostra min pappa har jag själv förstått. Dock har frågetecknen varit närvarande till den punkt att jag nu ser min dag med farfar som en optimal tidpunkt att fråga det jag länge velat veta. Hela min resa ner till farfar i Tyskland har länge varit en del av min terapi.

Jag har inte vågat nämna psykologen för min farfar, med rädsla för hur han skulle reagera på att hans barnbarn inte är fullt kapabel att styra sitt känsloliv. Den nya tiden stigmatiserar inte min psykiska ohälsa på samma vis som min farfars samtid gjorde. På hans tid var det inte ens fråga som ställdes. Min observation gällande hur farfar beter sig på sjön fortsätter och jag tar mod till mig. "Jo, du, farfar, jag har undrat en sak"...

Alexander Kimmich

Stockholm, 2019

Dimman lägger sig långsamt över gatan nedanför mitt fönster. Regnet som inte ens påbörjat sin offensiv sänder signaler mot mina fönsterrutor med sina små droppar. På gatan skyndar en kvinna med sitt barn förbi innan de båda sätter sig i en bil. De verkar ha bråttom till något trots att det är semestertider och staden knappt har hunnit vakna. Gatan gapar tom förutom just deras bil och en annan större bil lite längre uppför den asfalterade vägen. Bilen med kvinnan och barnet ger ifrån sig ett vrål när tändningen slås på och accelererar sedan snabbt

iväg. Bara några sekunder senare är den utom
synhåll. Jag gnuggar mina ögon från nattens
sömn med vänsterhanden och vänder blicken
mot takpannorna mittemot mitt fönster. Där
promenerar en skata i lugnt tempo. Med sig har
den vad jag gissar på är dess partner. Båda två
petar med sina näbbar på takets hårda yta och
inser efter två försök vardera att födan
antagligen inte finns här. Skatan i täten ger ifrån
sig ett högljutt rop och båda flyger iväg genom
dimman som nu lagt sig tung över hela
kvarteret.

Under min korta observation hör jag hur
vattenkokaren bubblar rejält och i min hast
lyfter jag upp den från laddningsadaptern.
Vattnet stormar fortsatt inuti vattenkokaren
men jag är alldeles för trött för att bry mig. Jag
fyller den franska pressen på diskbänken med
två och en halv skopa malet kaffe. Denna rutin
har jag haft sedan jag flyttade hemifrån för flera
år sedan, den gör mig redo för dagen trots att

den inte kräver någon form av insats överhuvudtaget. När det kokheta vattnet når kaffet i den utslitna pressen bränner det till och en doft av starkt aromatiskt kaffe fyller min lilla kokvrå i lägenheten.

I min enkla lägenhet finns en säng, en soffa, tillhörande soffbord och ett enkelt bord med stolar. Jag sätter mig på en av stolarna och dricker varsamt mitt kaffe ur en vit kopp från IKEA. Utanför fönstret ser jag hur regnet tilltar och hur dimman väljer att söka sig uppåt från gatan och ge plats för det fallande regnet. Det smattrar mot det tjocka fönstret när vinden för dropparna mot fasaden. Kaffet smakar lite godare när det är dystert ute, tänker jag samtidigt som jag får ett sms.

"Välkommen till Leg. Psykolog Frida Löfblad, idag 24/8 klockan 10:30" står det på mobilens upplysta skärm med telefonens anonyma typsnitt. Idag är en sådan dag som jag inte föredrar, men vad jag förstått efter många diskussioner med arbetsgivare och vänner är absolut nödvändiga. För att komma vidare i livet behöver jag dessa externa möten med någon person som inte känner mig samt som har den kunskap som krävs.

Kaffet är snart slut i den vita koppen och jag dricker upp den sista mängden, gör en liten grimas eftersom en del av sumpen följt med i koppen och jag går tillbaka in mot kokvrån. I hallen sneglar jag mot det smala hallbordet som håller ordning på nycklar, notislappar, tidningar och gårdagens snabbmat. Fotografiet på hallbordet föreställer min familj, i alla fall när den var komplett. Det var längesen nu.

När vattnet rengör koppen kommer jag på mig själv med att ha glömt att äta gröten som är ett stående inslag i morgonrutinen. Det är ändå försent nu och jag måste börja bege mig mot mottagningen. Koppen placeras på diskstället och vatten droppar fortfarande från den när jag klär på mig regnjackan, tar på den enkla kepsen med ett amerikanskt idrottslags logotyp på och till sist knyter de beigea skorna.

I trapphuset är det alldeles stilla men luktar av pannkakor. En barnfamilj har nyligen flyttat in under min lägenhet och jag gissar på att deras semester firas med att göra en frukost värd just ledigheten. Mina skor spelar en monoton melodi mot den hårda betongtrappan när jag rusar ner. När jag når bottenvåningen hindras jag av en röst som säger mitt namn. Det är ordförande i bostadsrättsföreningen som frågar: ”Jo, Alex, kommer du på mötet ikväll? Det är väldigt viktigt att alla är med.”

Jag är så pass stressad att hinna till mottagningen att jag helt glömt av att anmäla min närvaro eller meddela ordförande. Som den ordningsamme medlemmen jag är svarar jag: ”Ja, eh, visst var den klockan 19?”

Hon tittar på mig med en granskande min och säger med hård ton: ”Exakt. Glöm inte heller att du är den som fixar fikat, och tänk på att

Grönlundarna inte gillar det där blaskiga billigkaffet du försökte lura på hela bunten förra gången du kirrade alltihop."
Jag nickar artigt och ursäktar mig med en tumme upp i luften samt öppnar porten i samma vända.

Regnet slår mig i ansiktet och jag hinner inte tillbaka upp till lägenheten för att hämta ett paraply. Kepsen skyddar i alla fall det lilla till frisyr som jag har, tänker jag och tar snabba steg ut på innergården och genom passagen som ansluter gård och gata.

Mottagningen ligger en kortare promenad från lägenheten men för att komma dit behöver jag ta en omväg över det lilla marknadstorget där jag bor. Byggnadsarbeten pågår som försvårar vardagen för de boende, men det är väl ett nödvändigt ont tänker jag kvickt, precis som psykologträffar. Mina skor är redan blöta och jag känner hur kepsen börjat mjukna i skärmen. Men det är ingen idé att vända om eftersom jag varken har bättre kläder eller tiden att vända.

På torget står redan försäljarna med sina råvaror och ropar ut priserna för den lilla grupp människor som vågat sig ut i regnet och vinden. Jag passerar dem i våldsam takt och jag hör hur min bekanta försäljare tillika vän Bosse ropar efter mig: "Alex, du fixar väl lite jordgubbar på vägen hem eller!? Extra bra om du pröjsar för två för då slänger jag in ett paket till, vettu!" Hans söderdialekt ekar ut över torget och studsar mot husens fasader.

Innan jag når mottagningen passeras en park där flera hemlösa valt att tillbringa natten och uppenbart den regniga förmiddagen. De reagerar inte när jag hastigt passerar parkbänkarna samt deras sovsäckar. Min stressnivå gör att jag nästan snubblar på en av männens armar som sökt sig ut på gångbanan. Jag hoppar åt sidan för att inte väcka honom men i samma stund tittar en av de andra männen upp. Han mumlar något som jag inte kan tyda och ler generat mot honom. Regnet fortsätter falla men jag observerar att enstaka träd skyddar männen från den allra värsta mängden.

Utgången från parken är nära och jag passerar den höga muren som omger parken. Precis utanför parken får jag anstränga mig för att inte krocka med alla människor som väller ut från tunnelbanans in- och utgång. En av människorna i kostym tittar ilsket på mig när jag möter hans blick och nästan skriker: "Se dig för din jävla idiot!"

Min mage vänder sig ett halvt varv på grund av min starka konflikträdsla och jag skyndar iväg från platsen.

Efter ett par meter i mitt försök att försöka ignorera den kostymprydda mannen är jag framme vid mottagningen. Mina skor skrapar och gnisslar mot gummimattan som är placerad precis utanför dörrarna till det stora kommunala huset. Innan jag går in håller jag upp dörren för en äldre kvinna som nickar ett tack när våra blickar möts.

Byggnadens utsida påminner om en tid som inte existerar längre, ett folkhemmets Sverige eller en östtysk myndighetsbyggnad. Byggnationer som skulle konstrueras snabbt och effektivt planläggas för att husera alla instanser. På den grå betongfasaden finns dock små dystra försök till konst med något som jag gissar på ska föreställa en grön drake. Mittemot draken finns en pojke med ett svärd gestaltad. Över de båda skiner en sol som är prydd med ögon och ett leende. Symboliken förstår jag inte och har inte gjort under de andra besöken jag varit på i samma byggnad.

I väntrummet sitter två personer som båda ser lika blöta ut som jag själv. Den ena personen, en tonåring, håller sin telefon med båda händerna och verkar spela någon form av spel eftersom han lever sig in i skärmen så pass mycket att tungan rör sig från ena mungipan till den andra. Den andra personen läser en bok och jag ser hur hon torkar bort regndroppar från sin panna i samma stund som hon vänder blad i boken. Jag vänder mig mot receptionen där en kvinna ser ut som om hon redan väntat på mig. Innan jag hinner fram säger hon: "Hej Alexander, för det är Alexander Kimmich, eller hur?"

I mitt förvånande tillstånd över att kvinnan kan mitt namn får jag bara fram ett snett leende till svar.

"Jag ser att du ska träffa psykolog Frida Löfblad, ni har en tid om tio minuter, klockan 10:30. Det stämmer eller hur?" fortsätter hon.

"Ja, det stämmer", viskar jag fram under min kepsskärm som nu börjat torka efter regnets offensiv.

"Perfekt! Då behöver jag bara se på din legitimation så kan jag meddela Frida att du är här."

Jag plockar upp min plånbok från jackfickan och letar upp mitt körkort. Det är utslitet efter snart nio års giltighet. Jag räcker över körkortet till receptionisten och hon ler fint när hon tar emot det. Hon granskar det en kort stund och jämför uppgifterna med dem på datorskärmen. "Tack Alexander, slå dig ner i väntrummet så kommer hon snart ut och hämtar dig."

Min regnjacka droppar av regnvattnet när jag hänger upp den på en av krokarna i väntrummet. Min keps lägger jag ner i jackfickan trots att den också är blöt. Trots att mitt möte är om mindre än fem minuter tar jag en tidning från tidningsstället och sätter mig i soffan närmast utgången. Det är alltid någon form av trygghet att vara nära en väg ut, tänker jag och öppnar upp tidningen som jag valt ut helt slumpmässigt.

I tidningen återfinns flertalet bilder på båtar och efter att ha läst en kort artikel om båtlivet på öppet hav ser jag en bifogad bild på ett arméfartyg. På bilden ser jag hur besättningen hänger ut från relingen. De gör tecken med sina händer och fingrar. Alla gör de ett "V" med pekfingret och långfingret. Samtidigt skiner deras ansikten av leenden samt solen som lyser upp deras ansikten i svartvitt.

Mina tankar förs till min farfar som tjänstgjorde inom den västtyska armén. Han har sett mycket, men har aldrig berättat mer än enstaka historier om sin tid på haven och resterande uppgifter som militär. En detalj han alltid varit noggrann med att berätta är att inga "veklingar eller känsliga personer" höll ut mer än ett par dagar.

I mina tankar om farfar hör jag hur fotsteg närmar sig i korridoren som mynnar till väntrummet. De kommer närmre och närmre tills personen som rört sig mot väntrummet visar sig.

"Då skulle jag vilja träffa Alexander", säger min psykolog Frida Löfblad.

Psykologen, klockan 10:30

Rummet i vilket Frida arbetar i är sådär typiskt inrett, nästan som i en amerikansk dramaserie där protagonisten, som spelas av en karismatisk kvinna med allt självförtroende i världen, stabiliserar flertalet instabila personer en efter en. Bara doften i kontorsrummet gör att den som befinner sig innanför dess väggar blir optimistisk. Kanske är detta rummet där jag finner det jag söker, kanske inte. På väggen stirrar en tavla föreställandes ett rådjur som rusar genom skogen på mig. Min blick dras kvickt bort från tavlan och jag fortsätter

observera kontorets inredning. På väg från
tavlan till resterande delar av kontoret tar jag ett
djupt andetag och låter mina händer glida på
mina jeansbyxor som inte förrän nu börjat
torka.

På kontorsbordet står enstaka inramade
diplom samt fotografier på vad jag antar är
familj eller hennes nära vänner. Har aldrig
frågat henne vilka det ska föreställa eftersom vi
inte kommit så långt i min terapi ännu.
Stämningen mellan oss är fortfarande spänd då
jag inte vågat öppna upp mig mer än enstaka
minnesbilder från det senaste året.

Efter ett par möten har inte särskilt mycket
uppdagats. Vi har snarare tillsammans nästlat i
varför jag dragits med panikattacker och ångest
i snart ett år. Ett år som präglats av dåliga
arbetsförhållanden, ett uppbrott från kärlek och
ett försök att handskas med en alltmer bitter
och frånvarande pappa. Från att inte känna sitt
eget ansikte till att vakna upp kallsvettig med

ångesten ovanpå bröstkorgen, har följden blivit att vi båda uppmanat mig att leta reda på de faktorer som provocerar dessa reaktioner. Mestadels utan framgång. Inför dagens möte har jag ombetts analysera vem jag anser mig vara. Både goda och dåliga sidor ska framhävas och hur jag upplever att de påverkar min vardag.

"Så, Alex, hur har din vecka varit?" börjar Frida mötet med efter det att vi tagit i hand och suttit oss i varsin stor fåtölj.

"Den har väl varit helt okej", svarar jag och vrider mig samtidigt i den alldeles för mjuka fåtöljen.

"Det låter bra, har du sysselsatt dig med något speciellt? Skrivit på någon dikt eller lyssnat på något spännande?" fortsätter Frida. Hon har alltid ett inbjudande leende när vi börjar våra möten, som om hon välkomnar mina intryck och tankar. Det är nästan som om hon verkligen bryr sig om hur veckan har varit och om den gett mig någonting utöver det vanliga.

”Lyssnade faktiskt på en ny låt av Cro, min favorit från Tyskland, han har släppt en ny singel, den tyckte jag om” säger jag oförväntat exalterat. Låten var inte ens särskilt bra, men det är som om hennes optimism får mig att vilja leverera ett bra svar som vi kan bygga vidare på. Frida antecknar någonting kortfattat i sitt anteckningsblock, jag ser hur pennan flyter fram lätt över pappret och hon sätter ut en tydlig punkt.

”Har du haft någon eller flera panikattacker sen senast vi sågs?”

”Ja, en i måndags när jag väntade på bussen, och sen en till på kvällen. Det var som om kroppen inte ville att dagen ens skulle börja redan när jag vaknade.”

”Var det något särskilt, tror du, som kan ha utlöst panikattacken på morgonen?”

"Nja, inte vad jag kan komma på nu, det har väl
varit mycket på jobbet och sen försöker jag väl
finna mig i allt detta. Psykologträffar och att det
inte riktigt är min tanke om mig själv har säkert
med något att göra", svarar jag lite väl utdraget
enligt mig själv. Jag ser hur Frida antecknar
ännu en gång och hon fäster sedan blicken i
min.

"Var det att det var mycket folk på bussen som
gjorde att din puls ökade?"

"Ja. Eller jag vet inte, jag har inga problem med
torgskräck eller sånt, om det är det du undrar?"
säger jag med lite av ett försvarsläge påslaget.

"Okej, det är bra att du känner så, men du tror
inte att det kan vara någonting som utlöser även
torgskräck i ditt fall? Kanske att du, ungefär som
du nämnt att din pappa ofta gör, arbetar på
många fronter?"

Detta är säkerligen en fråga Frida ställer för att
jag ska förstå att det har varit många saker att
åstadkomma i mitt liv på sistone, vilket jag

nämnt i våra tidigare möten. Att jag upplevt mig vara engagerad i flera saker samtidigt vilket gör mig stressad och oengagerad. Jag når en punkt när jag inser att allt blir utfört med bristfälligt engagemang på grund av alla andra detaljer. Bara senaste månaden har jag försökt bli mer delaktig i bostadsrättsföreningen och försökt umgås mer med min närmsta vän. Utöver det har jag höga krav på min jobbprestation och som 33-åring i en liten lägenhet byggs ångesten upp. Det som dock tynger mig mest är min pappa som inte hört av sig på länge.

”När panikattackerna kommer, känns det då som om du inte är kapabel att be om hjälp, kan du beskriva för mig hur det känns?”, fortsätter Frida trots att jag inte gav ett tydligt svar på hennes tidigare fråga.
”Det är olika från gång till gång” svarar jag utan att se henne i ögonen, utan söker kontorsbordet med diplomen istället.

"Ibland känner jag hur min ena arm domnar bort och inte riktigt lyssnar på mig, andra gånger blir jag kokhet i ansiktet och min hals känns som om den kväver mig. Riktigt obehagligt, går knappt att beskriva."

Jag inser att jag beskrivit väldigt tydligt hur det känns när attackerna kommer och skrattar till, Frida antecknar och jag hör hur blyertspennan återigen skrapar mot pappret.

När ungefär 20 minuter har passerat av vårt möte ber jag om att få lite vatten. Frida kliver upp ur fåtöljen och går ut ur kontoret, sedan återvänder hon med en flaska med iskallt vatten. Jag tackar och tar en stor klunk. När jag sväljer vattnet ser jag att Frida är redo att ställa ytterligare en fråga. Hennes hand ser ut som om den ska anteckna nästa relativitetsformel men jag är redo att göra Frida besviken.

"När du var här senast nämnde du i förbifarten att din pappa inte hört av sig på länge, kan du utveckla det?", undrar Frida med ett allvar i sitt ansiktsuttryck. Hon rör pennan mot pappret och antecknar sedan ett par ord jag inte kan urskilja.

Jag ryggar till av att frågan levereras nästan som en hård serve i tennis. Det känns som om en stöt går genom min ryggrad och sedan upp till nacken.

"Nu fick jag lite av en panikreaktion" berättar jag med förvåning i min röst. Är det verkligen ett så känsligt ämne att prata om min pappa tänker jag för mig själv. Frida fortsätter: "Vad är det som gör att han tagit avstånd, tror du? Är det något du gjort eller har han varit såhär förut?"

"Jag vet verkligen inte, men ja, jag har väl mina amatörslutsatser som jag försökt stödja mig på genom åren."

"Som vadå? Kan du berätta hur en sån slutsats kan se ut?"

"Han har väl alltid haft en tendens att fly från faror, om det så varit verkliga eller något han fått för sig. Det är som om han bara låser sig när något skiter sig, ungefär som en liten pojke som inte får köpa en leksak i matbutiken trots massor av tjat" svarar jag och märker hur jag blir upprörd.

"Hur har det fått dig att känna dig de gånger du varit i närheten?"

"Jag har blivit arg och nästan tyckt synd om honom, typ som, vad sysslar han med nu igen? Kan han inte bara bete sig som en vuxen människa."

"Blir han också arg och tar ut det på dig? Eller håller han det inom sig?", fortsätter Frida.

"Han har ibland tagit ut det på mig eller min mamma, vilket jag alltid tyckt varit konstigt, men jag har väl haft samma tendenser själv i vuxen ålder, vilket jag skäms över såhär i efterhand."

"Tagit ut det på er som fysiskt eller hur menar du?" undrar Frida. Jag ser hur hennes ansiktsuttryck nästan förväntar sig det värsta av svar. Men jag lugnar henne kort därefter med mitt svar, nästan som en ångestdämpande tablett som skrivits ut av psykiatrin.

"Nej, han har aldrig rört mig eller min mamma, det har väl typ tagit ut sin rätt på mig rent psykiskt, men det är väl därför jag är här på sätt och vis", säger jag med ett återigen bifogat skratt. Jag inser dock att vi närmat oss något och i samma stund ser jag hur Frida tittar mot klockan.

"Jag måste tyvärr berätta att vår tid är slut för denna gång, Alex. Men jag tycker verkligen att vi är något på spåret. Inför nästa gång vill jag gärna, om du kan och vill, att du funderar kring stunder som kan ha påverkat din ilska, rädsla eller någon annan känsla. Det behöver inte handla om din pappa, utan kan vara vad som helst. Låter det som något du kan tänka dig göra?"

"Absolut, det finns väl en del att gräva i om jag tänker efter, men allt är inte dåligt, som tur är", säger jag och farfar dyker direkt upp i tankarna.

Kanske är det något där, men mer hinner jag inte tänka på det innan jag tar Frida i hand. Kontorsdörren slår igen bakom mig och väl i väntrummet tar jag min regnjacka från kroken. Den är torr, men på golvet ligger det en liten pöl med regnvatten.

Christian

När dörren till psykologmottagningen stängs igen och jag känner mig lite trött efter mötet med Frida, märker jag att regnet slutat falla från himlen. Gatorna precis utanför den grå byggnaden är mer livliga nu än när jag kom hit för en timme sedan. En byggarbetare går förbi med en säck skräp på axeln och ser inte att jag tar ett steg ut i gatan. Vi undviker varandra med bara ett par centimeter utan att krocka. Vi ler mot varandra, han med ett ansträngt leende som avslöjar hur tung säcken i själva verket är. Innan jag fortsätter över gatan tittar jag noga fram och tillbaka, vänster och höger, för att inte bli överraskad av någon bil som passerar i snabb hastighet.

Ut från tunnelbanan anländer återigen människor, denna gång ser det mer ut att vara turister än folk som är på väg till sitt arbete. Jag får återigen undvika folkmassan, men denna gång är jag smartare och stannar intill en lyktstolpe. Är inte på humör att få en obefogad utskällning ännu en gång under en och samma dag.

En av turisterna stannar till och höjer sin kamera. Bakom honom samlas en grupp människor som ser irriterat på honom. En av personerna grymtar till och skyndar förbi efter att ha blivit blockerad. Turisten är ovetandes om att han stannat upp tåget med resenärer och tittar glatt på kamerans display. Det ser ut som om han fick till en bra bild. Jag observerar hela förfarandet och blir åter påmind om hur stressigt det kan vara i Stockholm. När folkmassan skingrats släpper jag lyckstolpen och beger mig mot parkens ingång.

Parkbänkarna är nu tomma och inte en enda hemlös syns till. Bara spåren efter deras övernattning återfinns. En burk med billig öl ligger ner på sidan, ett avtryck på gräsmattan där troligtvis sovsäcken huserat kan urskiljas och soptunnan några meter bort är överfull med tre matvarupåsar. Lite längre bort kastar en mamma frisbee med sitt barn. Fram och tillbaka flyger den mellan de båda tills det att barnet slänger frisbeen i fel riktning.

Plasten skrapar mot asfaltens hårda yta och landar en meter från min högra fot. Jag lyfter upp frisbeen och ser hur dottern springer för att hämta den. När hon kommer fram räcker jag över plastprojektilen till henne, hon tackar snabbt och springer tillbaka mot sin mamma. Jag märker hur en känsla av nostalgi dyker upp, men även en känsla av sorg. Inte allt för länge sen var det där jag med min mamma. Min mamma som inte är med mig längre.

Torget är fortfarande ockuperat av marknaden. Försäljarnas röster ekar högt mellan fasaderna redan långt innan jag når fram. Den grå arkitekturen runt alla marknadens tält får nytt liv genom tältens färgglada variationer. Ett av tälten har till och med dekorerats med citat samt tillhörande blomma. Andra tält är i en och samma färg men kompenseras av alla olika frukter och bär som erbjuds till försäljning.

I ett av de många tälten förhandlas det ivrigt mellan försäljare och köpare, det låter nästan som på en auktion. Den ena stämman överröstar den andra och det låter nästan som ett argsint bråk. Försäljaren viftar med sina bananer och äpplen i en hand, med den andra greppar han vågen intill. Till sist enas båda parter då pengarna räcks över och försäljaren vinkar glatt adjö till ännu en köpare.

"Är du här för gubbarna nu alltså!?", hör jag en glad stämma ropa.

"Glöm inte det jag sa innan, erbjudandet gäller så länge lagret räcker, som det kallas, eller vad det nu heter!"

"Hörru, Alex, ser ut som du sett ett spöke eller nåt", fortsätter rösten. Jag vänder mig mot det tält som så ihärdigt kallar på min uppmärksamhet. Det är Bosse som jag inte hann hälsa på tidigare under förmiddagen i all stress. Min hand höjs upp och jag ler trots att jag precis blivit kallad spöke.

"Ja, men det ska jag väl ha, typ tre lådor eller nåt.", svarar jag med tveksamhet i rösten.

"Du får ju tre för två, som jag sa i morse, eller var du på månen då eller?", skrattar Bosse till och drar ur en plastpåse från rullen med påsar ovanför hans panna. Innan han öppnar upp påsen kavlar han upp ärmarna på sin rutiga flanellskjorta, ungefär som någon som förbereder sig på att ta i med hårdhandskarna.

"Då tar jag så klart tre lådor, och lite annan frukt också kanske. Vi har möte med föreningen ikväll så det blir nog bra, eller jag kanske behöver mer? Vi är rätt många nuförtiden"

"Klart du ska ha fler!" nästan skriker Bosse när hans försäljarhjärta vaknar till liv på allvar. Men jag ber om att få köpa några bananer, äpplen samt de tre lådorna med jordgubbar. Jag räcker över pengarna från föreningens kontantkassa och ser hur Bosse nöjt tar emot betalningen.

Innan vi säger hej då tar Bosse mig i handen och ler mot mig och säger lite ursäktande: "Jag bara skoja med det där om spöket, vettu, du såg bara lite stressad ut."

"Försök slappa lite", fortsätter han i samma andetag.

"Du vet, kanske hänga med polare eller nåt, det gör alltid underverk för Bosse", avslutar han med och släpper min hand. Jag nickar som om att jag tagit till mig Bosses råd om omedelbar känslomässig frälsning och påbörjar min promenad hem.

Regnmolnen är försvunna när klockan strax slagit 13 och solen tittar fram i omgångar. Vid lägenheten har gatan fyllts på med bilar som är parkerade. Detta brukar vara ett tydligt tecken på att semestertiderna börjar ta slut för kvarterets invånare. Om ett par dagar är sommaren officiellt över när augusti går över till september. Men jag lovar mig själv att ta vara på de dagar som är kvar av den sista sommarmånaden.

I passagen till innergården möter jag en granne som bor i trappuppgången intill min. Vi säger ett par ord till varandra angående föreningens möte kommande kväll och sedan måste hon skynda iväg till matbutiken. Jag ber henne köpa kaffet som jag glömt, allt för att Grönlundarna inte ska bli besvikna gällande mitt val av kaffe igen.

I min trappuppgång luktar det nu köttfärssås med en massvis mängd vitlök. När min lägenhetsdörr låses upp känner jag hur hungern trappar upp sitt grepp om mig. I samma stund vibrerar telefonen och jag läser meddelandet: "Tja, lust att hänga lite, kanske lunch eller nåt?"

Christian dyker upp utanför min port knappt en kvart efter att han skrivit och undrat om vi ska ses. Han bor bara ett par kvarter bort och har en tendens att skynda sig till mig om vi ska ses. Med sig har han sin lilla hund, Frasse. När jag kramar om Christian känner jag hur Frasse gör allt för att få delta i kramen. Tassarnas klor river till mitt smalben och jag grimaserar. Han piper till när jag släpper Christian och tittar på honom. När han märker att jag är på väg att klappa honom, blir han så glad att han rullar runt i ren instinkt. Jag och Frasse har verkligen lärt oss att tycka om varandra trots att vi hade en tuff start. Christian skrattar när han ser hur jag och hans hund kommer överens nästan som bästa vänner. Frasse ställer sig upp efter att jag klappat hans mjuka päls och ser mer än redo ut att bege sig mot ett lunchställe.

"Hur går det hos psykologen?", undrar Christian samtidigt som han tar en tugga av sin pizza.

"Jo, men det går väl framåt, antar jag. Det är lite stelt och så, men skönt att prata med någon som inte känner mig. Det är något nytt, liksom."

"Jag fattar, det blir ju lite skillnad eftersom personen inte känner dig och inte är din pappa."

"Kanske, just nu känner jag mig bara vek som ens behöver gå dit, typ som om jag är nån som inte kan styra mig själv. Men Frida är i alla fall en jäkel på att lyssna och anteckna", säger jag och tittar ner i min skål med pasta och pesto. Jag rör om med gaffeln för att hitta något i själva pastan. Känner spontant att det kommer att bli en omöjlig uppgift att äta upp all mängd. Frasse gnyr till och tittar på mig som om han aldrig ätit en bit mat i hela sitt liv. Min gaffel hugger tag i en plommontomat och jag för den mot min mun.

”Men vad frågar hon för frågor typ? Är det liksom såna där bilder med kladd som du ska tyda, flummigt eller är det mer djupa frågor?”, frågar Christian och ser verkligen intresserad ut under tiden som frågan ställs.

”Vi pratade senast om hur det gått för mig med panikattackerna. Och det är väl likadant fortfarande. De kommer och går liksom.”

”Så du känner fortfarande att de bara dyker upp utan anledning?”

”Ja.”

När vi ätit upp så tar vi en promenad tillbaka mot min lägenhet med Frasse. Han markerar revir vid nästan varenda buske och vi ställer frågor om hans instinktiva beteende samtidigt som vi skrattar åt oss själva som frågar en hund. En annan hund dyker upp men Frasse tar ingen notis om den. Den andra hunden försöker dock kalla på Frasse men han fortsätter ignorera.

Efter ytterligare en revirmarkering är vi snart hemma vid min innergård.

”Alex, du vet väl om att jag finns för dig va? Särskilt nu när det kanske inte är helt hundra med allt”, säger Christian med låg röst. Han blir alltid lite obekväm när han ställer dessa frågor men han vet oftast vad svaret blir.

”Ja, absolut, det uppskattar jag, hoppas du vet det. Men ja, det har väl varit lite mycket att gräva i och så, men jag hoppas ju att det kommer bli bättre snart. Vill ju liksom ta reda på om det kan hjälpa att prata om pappa och farfar. Känns som om det kan ligga något i min relation till dem.”

Jag fortsätter: ”Det var faktiskt lite speciellt idag hos Frida, hon fick mig att prata lite om pappa, eller kanske mer om hur han påverkat mig.”

”Jasså? Hur kändes det då? Var det konstigt eller?” Christian känner min pappa ganska väl och vet om att det kanske inte alltid varit lätt att ha honom som sin far. Särskilt det han upplevt när han varit hemma hos oss i yngre år.

"Nej, inte konstigt, jag vet ju att han påverkat mig på sätt som ibland är negativa. Typ all machoskit och sånt. Men det är väl också mycket på grund av att farfar alltid skulle framställas som tuff och manlig."

Efter en liten paus fortsätter jag mitt resonemang: "Det har väl gått rakt ner i släkten, att vara den som sväljer känslorna. Men jag har faktiskt funderat mer och mer om det verkligen är helt känslolöst. Nånstans ifrån måste jag ha fått min känsliga sida. Förr tyckte jag att farfar kunde visa känslor, att han var känslig och omtänksam."

Min röst öser på med tankar: "Han var inte bara ilsken och sträng, inte mot mig i alla fall. Det var som om han värnade om något just med mig. Men det försvann nästan helt i och med att farmor... ja.."

Min röst tappar i styrka och jag slutar utveckla mitt svar.

Vid min port säger vi hej då och jag lovar Christian att höra av mig hur allt går med psykologen och allt annat. Frasse vill knappt gå ifrån mig när Christian drar i kopplet. Det är nästan som om han vill stanna hos mig. Jag tänker på att hundar ibland nästan är bättre på att känna hur människor mår än vi själva.

Ordförande & Grannen

Min frukt fördelas ut över ett fikabord där glass, kaffe, engångsartiklar och några flaskor med bubbelvatten redan är utplacerade. Föreningens medlemmar är samlade runt bordet med all fika vilket gör att de ser ut som en hungrig grupp med vargar. Den ena efter den andra glassen tar slut, kaffet hälls upp i flertalet plastmuggar och när det är dags för mig att gå fram finns nästan bara frukt kvar. Vargflocken skingras och tar plats vid de billiga långborden i den kala föreningslokalen med tavlor från IKEA. Jag tar en kopp kaffe från bordet och när jag häller upp i koppen hör jag hur någon påpekar att kaffet verkligen höll måttet denna gång. Det är antagligen en av Grönlundarna, men jag har inte energin nog att ens vända mig om för att säkerställa att så är fallet.

Av frukten och bären har bara jordgubbarna gått åt som tilltugg till glassen som nu alla äter febrilt. Föreningens medlemmar ger ifrån sig tydliga ljud som förtydligar att de tycker om glassen. En av medlemmarna skrattar till och min blick söker sig ditåt. Det är styrelsens ordförande som fått ett skämt berättat till sig och är illröd i ansiktet efter sin skrattattack.

Bortsett från ordförandens högljudda skrattanfall är det lugnt i lokalen. Det är som om alla väntar på att någon annan ska ta tag i mötet. Detta trots att det redan finns en tydlig agenda för kvällens möte, den står till och med uppskriven på whiteboardtavlan mitt i rummet. Kaffet dricks i tystnad med fåtalet påbörjade små samtal mellan bordsgrannar. Jag ser att grannen från uppgången intill min också sitter ensam som jag. Strax därefter möts våra blickar och vi ler mot varandra som i samförstånd att detta inte är den mest underhållande stunden vi varit med om. Hon reser sig från stolen hon sitter på och går runt borden till mig och den tomma stolen bredvid.

Ordföranden bryter tystnaden med sin ljusa och gälla röst: "Välkomna allihop till kvällens möte för vår underbara Brf Tretornsgatan!" Hon står i mitten av rummet där vi sitter i en rektangel runt henne.

"Det är otroligt uppskattat och kul att se hur många som valt att komma hit ikväll, vi har en del att gå igenom på agendan idag som ni kan se."

En suck hörs i rummet och det är uppenbart att jag inte är den enda som redan känner att detta kan bli långdraget. Min granne knuffar till mig med sin armbåge och nickar mot andra sidan av rummet. En av styrelsens medlemmar har redan somnat till och hänger med huvudet åt sidan, armarna har han placerat i kors över magen. Vi skrattar båda till och ordföranden tittar skarpt på oss, ungefär som en arg lärare under skolåren.

Mötet fortsätter med att ordföranden sakta går igenom agendan där det diskuteras hur innergården ska utvecklas, hur förskolan i anslutning ska tillämpa sin verksamhet på gården samt hur återvinningen ska förenklas. Om det inte vore för kaffet som fortsatt finns att hämta hade nog majoriteten följt den slumrande medlemmen ner i sömnens värld. "Tack för att du köpte kaffet åt mig tidigare", viskar jag till min granne. Hon tittar upp från mobilskärmen som uppehåller henne samtidigt som den långa diskussionen om sopkärl pågår. "Ingen fara, nu slipper du Grönlundarna ett tag i alla fall. Eller du kanske tycker det är härligt med den sortens klagomål?" viskar hon tillbaka efter att hon stängt ner skärmen med mobilspel.

"Nej, tror att jag kan vara utan att bli påhoppad gällande kaffe, faktiskt."

"Skönt att höra, men man vet ju aldrig vad människor har för skumma fetischer nu för tiden, om jag ska vara ärlig", säger hon och vi båda skrattar till ännu en gång.

Men denna gång nöjer inte ordföranden sig med att bara stirra på oss, denna gång ser hon arg ut på riktigt. Hon slutar prata om vad jag tror är uthyrningspolicyn och frågar skarpt:

"Har ni några synpunkter kring checklistan?!"

"Nej, den verkar perfekt", svarar jag på utan att veta vad.

"Den är utmärkt, precis enligt mallarna jag sett tidigare", följer min granne upp med.

Ordförandens blick är ilsken och hennes ansikte visar tecken på att hon tröttnat. Jag ser hur hon samlar kraft för att kunna svara på det hon förstår är lögner.

"Då tycker jag att ni kan vara tysta när jag redogör listan för resterande som faktiskt lyssnar, Alex och Johanna. Eller ni kanske kan lämna oss ifred om ni inte är intresserade. För oss kvittar det.”

”Självklart, jag ska inte störa ers höghet mer”, blir mitt spydiga svar och jag reser mig upp. Innan jag stänger dörren till lokalen känner jag hur min ilska i kroppen växer. Men den får inte vinna, inte som den gjort alla gånger tidigare. När dörren slår igen till lokalen hör jag dock hur skratt ekar bakom de tunna väggarna.

Väl ute på innergården utanför föreningslokalen hör jag hur fåglarna kvittrar och jag ser hur sensommarsolen börjar gå ner över hustaken. Jag tänker på hur jag och föreningens ordförande troligtvis aldrig kommer komma överens. I ärlighetens namn förstår jag inte varför jag ens engagerar mig i föreningen. Det finns inget tvång och det är väldigt oinspirerande. Jag överväger att meddela henne nästa gång att det mötet kommer att bli mitt sista, men bara tanken på en konflikt gör att halsen känns tjockare och armen domnar bort lite lätt.

"Hörru, det där med 'Ers Höghet' var ju rent comedy gold!" hör jag Johanna ropa från andra sidan innergården. Hon vinkar eftersom hon inte tror att jag ser var rösten kommer ifrån. Johanna fortsätter: "Jag trodde Kristina skulle explodera när hon fattade att de skrattade åt hennes nya titel." Enligt Johanna skrattade till och med Jörgen som bor i min trappuppgång, trots att han själv uttryckt sig vilja slippa ha mig som granne. Anledningen till hans avsky har aldrig uppdagats, men det är antagligen bara en enorm mängd bitterhet kring dagens yngre förmågor.

"Vi ses, jag måste sticka, men det var kul att bli utskällda tillsammans, ha det!", ropar Johanna en sista gång och försvinner in i sin trappuppgång.

Jag som trodde att skratten från rummet var riktade mot mig. Återigen upptäcker jag hur obefogad min ilska kan vara. Precis som den varit bland mina släktmedlemmar. Nu känner jag mig istället lite stolt över att ha fått en positiv reaktion av den trista föreningen. Kanske skrattade till och med Grönlundarna. Det hade varit något.

Psykologen, 10/9

Inne i Fridas kontor doftar det av blommigt te och kanel. Innan jag satte mig ner i fåtöljen för att påbörja ytterligare ett möte, undrade Frida om jag ville ha lite fika. Tydligen hade receptionisten köpt det till mottagningen för att fira höstens antågande.

"Lina är lite av en höst-junkie", berättar Frida och småler. Hon förklarar att Lina, receptionisten, alltid blir extra positiv på hösten eftersom det är favoriten av årets alla årstider. Lina är därför inte sen med att försöka uppmuntra resterande del av mottagningen att tycka likadant. Frida är tydligen mer betuttad i våren: "Det är då allt blommar och man kan nästan känna energin sprida sig i hela kroppen, eller hur?"

Jag nickar artigt ett instämmande svar, men är inkapabel att säga något eftersom kanelbullen förhindrar det.

"Aja, det var något av ett sidospår, låt oss ta vid där vi slutade senast", avslutar Frida sin monolog om våren.

Frida öppnar upp mötet med att åter fråga om jag känt av någon panikattack eller känt av ångesten. Jag berättar om min ilska efter att ha blivit så pass barnslig att jag lämnade föreningens möte i ilska, och att det ledde till symptom. Hon antecknar korta meningar varje gång jag nämner ångesten och ilskan. Hon undrar om dagarna sen vi senast sågs trots allt varit bra, jag svarar kortfattat att de inte varit något särskilt. Varken bra eller dåliga. Mina panikattacker finns där och lurar bakom hörnet.

Min ilska, rädsla för ensamhet och brist på att kunna prioritera spökar kontinuerligt, förklarar jag för Frida. Hon nickar som om hon förstår vad jag menar.

Frida skriver en rad i sitt anteckningsblock och stryker under de ord hon precis skrivit. "Har du haft tid att fundera kring din uppgift som jag gav dig förra gången? Den om händelser som kan ha påverkat dig."

"Det har jag gjort, eller en del, jag har inte riktigt haft tid."

"Har det varit mycket under veckorna, eller vad beror det på?", undrar Frida och söker min blick. Jag vrider på mig i fåtöljen som är mjukare än vad jag minns. Jag funderar några sekunder och svarar: "Det är ju vissa saker som hänt i livet som kanske gör det svårt att bara gå vidare, jag har väl tänkt extra mycket på just dem."

Teet är nästan slut i min kopp och kanelbullen är sedan länge uppäten. Frida undrar om jag vill ha mer av teet, men jag tackar nej. Vi har pratat i ungefär 20 minuter nu och jag har förklarat hur jag upplever mig som person. Jag har gissat på hur vissa händelser i livet kan ha påverkat mig utifrån dessa personlighetsdrag. Frida nickar varje gång jag nämner en del av min person som jag anser vara av mer betydelse.

”Du tycker att du är känslig och rädd för att bli ensam, skulle du kunna förklara hur det känns?”

”Jag har alltid tyckt att jag känner mycket kring saker, nästan på den nivån att känslan äter upp mig, om du förstår vad jag menar?”, Frida nickar ännu en gång.

”Är jag ledsen så rinner tårar, även om det för andra inte är en sorgsen grej. Om jag blir arg så vet jag knappt var jag ska ta vägen, vill nästan på en gång skrika eller bara få utlopp för känslan.”

”Hur känns det när känslan om att eventuellt bli lämnad dyker upp, när du känner att risken finns att bli ensam, menar jag”, undrar Frida.

Jag tittar upp mot taket, som om svaret finns där uppe vid taklampan.

Min tanke faller på min familj som aldrig riktigt haft någon ordentlig hemvist. Tankarna kretsar kring hur vi har flyttat runt, jag har själv flyttat ensam och senast för några år sen flyttade min farfar tillbaka till Tyskland. Det är som om vi aldrig nöjer oss, och i och med flyttandet så har alltid vänskaper lämnats bakom oss. Det har varit en ständigt återkommande känsla av att bli ensam. I den känslan har antagligen den känsliga sidan med närheten till sorg och ilska växt till sig, gissar jag på och tittar på Frida. "Det är som om ingen annan i släkten, främst männen, inte alls känt likadant under alla år. Därför brukar jag tänka varför just jag blev så känslig. De enda gångerna jag sett min farfar eller pappa fälla en enda tår är när de mist sina nära och kära. Pappa gick inte att ens prata med när mamma dog, trots att jag också behövde tröst i den otroligt jobbiga stunden", berättar jag och känner hur klumpen i halsen blir större och spänner till svalget.

"Vad hände med din mamma?", frågar Frida och jag inser att vi rör oss in på väldigt påfrestande ämnen.

"Hon dog i en bilolycka, bara 34 år gammal. Jag var 13 år. Bara dagarna innan hade jag bytt skola och pappa hade startat eget företag." Klumpen i halsen gör i denna stund mer ont än någonsin.

"Men den dagen hämtade pappa mig från skolan. Det enda jag minns från bilfärden till sjukhuset var att pappa inte sa ett enda ord mer än att mamma råkat illa ut. Att vi behövde åka till henne", jag stannar upp en sekund och sväljer tungt.

"De var så unga när de fick mig, 21 år båda två. Jag har länge tänkt att det kanske spelat en roll i deras relation till mig och varandra. Typ att de var så pass unga att de själva inte visste vilka de egentligen var. Och så dyker liksom ett helt människoliv upp som ska uppfostras och älskas.

Det är klart att det kan vara svårt att förhålla sig till, i alla fall till en början."

"Hur var din mamma? Hade hon också nära till sina känslor?"

Frågan från Frida är jobbig att svara på men jag påbörjar ett svar: "Hon var väldigt omtänksam, speciellt kring mig och mina behov, men känslig var hon inte. Hon var pragmatisk, var det ett problem som skulle lösas så följde hon tydliga mallar och tillvägagångssätt."

"Så hon var ganska lik din pappa på det sättet?"

"Ja, eller hon kunde i alla fall visa känslor, inte bara vifta bort det i någon form av machostereotyp som pappa alltid gjort", svarar jag och känner samtidigt att jag inte vill prata mer om mamma, det är inte relevant anser jag. Jag ber om att få ta en liten paus för att gå på toaletten. Frida tycker att det är en bra idé, det är tydligt att hon har noterat att samtalet om mamma rivit upp sår. Hon förklarar var toaletten ligger och jag lämnar kontoret.

Efter toalettbesöket där jag skvätt kallt vatten i ansiktet och stirrat mig blind i spegeln, är jag tillbaka framför Frida. Rummet luktar inte längre av kanel eller te. Nu luktar det som det gjort under de tidigare träffarna, antika möbler och kontorsmaterial. Jag tar ett djupt andetag och andas ut.

"Innan vi lämnar din mamma, så skulle jag bara vilja att du tänker på det positiva hon bidrog med till din person. Tror du att du skulle klara av det?"

Jag nickar och sväljer hårt, klumpen i halsen lättas upp och jag berättar: "Hon var som sagt känsligare och kunde visa lite känslor då och då. Speciellt när vi umgicks med farfar."

Jag hör hur min röst blir mer positiv jämfört med tidigare.

"Det var som om hennes spärrar som fanns med pappa, inte riktigt var lika starka när mina farföräldrar var med. Det skrattades alltid mer när de besökte oss. Även pappa kunde vara glad, trots hans ansträngda och strikta förhållande till farfar", säger jag och klumpen i halsen är som bortblåst.

Farfar försökte hälsa på så mycket han kunde innan han flyttade tillbaka till Tyskland när jag var ett par år yngre än 32 år. Från det att jag var liten pojke till min 30 årsdag var han relativt närvarande. Trots att pappa alltid menade att han var sträng och okänslig, kändes det som om någonting gömde sig under den hårda fasaden. De gånger jag och farfar samt farmor tillbringade dagar med varandra berättade han ofta skämt och skojade med farmor och mig. Men mer än roliga historier från hans barndom och enstaka historier om min pappa, fick jag aldrig höra. Inte ens när jag aktivt i tonåren, i samband med mammas död, försökte ta reda på mer om farfar och farmors liv, fick jag aldrig några tillfredställande svar. Chansen att få reda på mer försvann helt och hållet när farmor gick bort, då var det som om en ridå restes framför den information jag så gärna ville veta.

"Du nämner din farfar ibland, och då tycker jag mig se och höra att du blir mer positiv. Är det något du reagerar på själv?", undrar Frida och är som alltid beredd med sina anteckningar.

"När du säger det så har jag märkt det själv, det är som om han varit en stark punkt att hålla fast vid alla dessa år, även om han mest agerat i skymundan."

"Lever din farfar eller är han inte längre med oss?", fortsätter hon, men denna gång lägger hon ner sina anteckningspapper.

"Ja, han lever, men bor i Berlin nu igen, det är hans hemstad. Han flyttade tillbaka dit för några år sedan."

Jag har inte träffat farfar på ett tag och undrar vad han har för sig. Pappa och han har tappat kontakten, så nu för tiden är det mest jag som anstränger mig för att bibehålla släktens band.

"Tror du att din farfar kan ha något med din känslighet att göra? Kanske är han också en person som har nära till sina känslor."
När Frida ställer frågan reagerar jag direkt och svarar med ett tydligt nekande svar. Nästan som om möjligheten till hennes påstående är utom all rimlighet. Men kan det vara så att alla mina problem med att inte få utlopp för känslorna ligger i att jag levt i en stereotypisk lögn?

"Är du säker på att han verkligen är den stränga och strikta personen du fått höra att han är? Tror du inte att han kanske är mer än så?", utmanar Frida.

"Jag vet inte, men det kan inte skada att försöka ta reda på. Någonstans måste all denna känslighet ha sitt ursprung. Den kan ju inte bara komma från ingenstans och skapa bekymmer för bara mig."

Frida ställer sig upp från fåtöljens mjuka sittkuddar och räcker fram sin hand.

"Jag tycker att du funderar på detta tills vi ses nästa gång. Vi har nämligen dragit över på tiden, men detta har varit givande för vår process. Det ska bli inspirerande att höra hur du ställer dig till allt detta", Frida håller mig i handen samtidigt som vi säger hej då för denna gång. Jag nickar som svar och håller med. Detta kan vara ett genombrott som jag längtat efter, som äntligen kan vara början på att kunna hantera mina problem.

"Mamma, är det du?"

Vinden blåser i mitt långa hår, av någon anledning är det utsläppt och havets vindar leker med vartenda hårstrå. På båten är det stilla men vågorna får min balans att rubbas en kort stund innan jag hanterar den skiftande tyngdpunkten. Måsarna flyger ovanför vågorna så att de nästan kan doppa sina fötter i vattnet samtidigt som deras vingar manövrerar vinden. En av måsarna dyker ner under ytan och de andra ropar till samtidigt som de behåller sin kurs ovanför vågorna. Plötsligt bryts vattenytan igen och måsen flyger upp ur vattnet med en stor fisk innanför sin näbb. De andra måsarna ropar i extas över det infångade bytet. I en gemensam manöver flyger samtliga fåglar åt höger, bort från båten och iväg mot horisonten.

På en av öarna mitt i havet ser jag en fyr som reser sig högt över klipporna som den är byggd på. Från roten till toppen går röda ringar i olika storlekar på den annars vita fyren. Runt fyrens grund står ett par stugor och intill en av stugorna ligger en roddbåt lutad mot fasaden. I alla stugornas fönster ser jag blombuketter och ur skorstenarna lyfter rök mot himlen. Min blick vandrar uppåt mot fyrens topp längs med hela byggnaden, där jag vet att lampan finns.

Trots att det är ljust ute på havet, bländas jag av lampan som snurrar runt och runt på toppen. Jag håller upp min hand framför ansiktet för att inte bli helt förblindad av det starka skenet. I samma rörelse inser jag att min balans inte längre försöker hitta sig själv på ett hav. Mina fötter står numera stadiga på ett parkettgolv och ingen havsvind smeker längre min hud.

I rummet där jag befinner mig finns en stor mörkbrun soffa med en grön matta under sig. Väggarna är målade vita med den då moderna slingan med blommor tapetserad nästan i takhöjd. Framför soffan står ett ekbord med två urdruckna glas placerade ovanpå. Det är exakt samma bord som jag så ofta åt lördagsgodis ifrån och där mina ostmackor blev uppätna efter skolan. Hade jag varit extra duktig och städat rummet innan pappa kom hem fick jag ibland unna mig chokladmjölk.

Vid sidan av bordet och soffan står en bokhylla fylld med böcker. En av böckerna som mina ögon söker sig till är en röd bokrygg med titeln "Kärleken till dig". Det är min mammas författardebut. Känner igen boken trots att det var flera år sedan jag såg den senast. Hon skrev boken innan jag föddes, med drömmar om det världskända författarskapet. Jag tar ner boken från hyllan och bläddrar igenom sidorna som jag kan utan och innan. Mammas bok läste jag många gånger när hon precis hade gått bort. Det var en klen tröst i all sorg, ett försök att ha henne kvar i min vardag.

En katt hoppar upp på soffan från ingenstans och stirrar förskräckt på mig. Jag hinner inte ens hejda mig innan jag hälsar på Pelle, min familjekatt från barndomen. Han tittar på mig med fortsatt förskräckelse. Efter chocken börjar han sakta men säkert närma sig. När han inser vem jag är blir pupillerna mindre och Pelle går mot mina ben. Jag klappar honom och inser att det var flera år sedan jag träffade honom. Han spinner så pass högt att det ekar i rummet. Jag kliar honom bakom öronen, vilket jag minns var det han uppskattade mest av allt. När Pelle uppenbart känner sig nöjd går han iväg från mig och vidare i riktning mot det jag kommer ihåg måste vara köket.

Köket är ljust och färgglatt när jag stiger in genom dörröppningen. På köksbordet står tallrikar, glas och bestick framme. Vad jag kan se så är det dock ingen mat som tillagas eller någon annan än jag och Pelle i köket. Spisen är avstängd och ugnen gapar tom. Jag tänker att jag ska titta ut genom köksfönstret för att veta var jag är men det jag möts utav är bländande ljus. I ljusets starka sken greppar jag tag i gardinen och hör samtidigt en bekant röst från mina unga år: "Men, älskling, du måste tvätta händerna innan vi äter, det vet du ju om."
Kan det verkligen vara den jag tror att det är?
"Mamma, är det du?", får jag fram i oerhörd förvåning och jag hör hur min röst inte tror på det den säger. Min hand rör sig återigen för att kunna förhindra det bländande vita ljuset från att nå mina ögon. Pelle morrar och springer iväg. Mitt huvud känns tungt och jag faller till marken utan att kunna göra motstånd. Min kropp möter köksgolvet och när mina armar

försöker dämpa fallet, sjunker de ner i vad som känns som lera.

"Hallo, hörst du mich? Oder soll ich dich wieder Liebling nennen? Darauf hast du doch immer reagiert, nöö."

Huvudvärken är monumental och jag får ont i armarna och benen av varje ord som rösten säger.

"Wie geht's dir, mein Schatz?", fortsätter rösten som jag hör från ingenstans. Jag försöker öppna mina ögon för att förstå var jag befinner mig men ögonlocken vill inte lyssna på mig.

"Es ist ich, dein Opa, sei doch nicht müde, du bist ja nicht hier angekommen, um die ganze Tage zu schlafen, oder?"

Det tar ett par sekunder för mig att inse att rösten talar ett annat språk, mer bestämt tyska. Efter ytterligare ett par meningar från rösten börjar min tyska, som min farfar lärde mig i unga år, att fungera. Jag svarar på den lilla grammatiken jag kommer ihåg: "Vem är du? Var är jag ens?"

"Du är hos din farfar, Alter Schwede, hör du inte det eller?", rösten svarar på svenska, men med en kraftig tysk brytning. Mina ögonlock lyder mig äntligen och jag öppnar mina ögon.

Min t-shirt är helt genomblöt och täcket som legat över min kropp likaså. Jag försöker slänga iväg täcket, men det är tyngre än det var när jag somnade. Min puls rusar och min hals tvingar mig till att ta korta andetag. Båda armarna domnar bort och när jag sätter mig upp mot sänggaveln blir min nacke kokhet av blodet som strömmar mot mitt huvud.

Vattenflaskan på nattduksbordet är full av vatten, jag greppar den hastigt och dricker alltihop. Direkt efteråt skapas ett kraftigt tryck över bröstet. Snabbt stiger jag ur sängen och springer mot toaletten på rekordtid. Allt vatten flyger ur min mun och ner i toalettstolen. Jag faller på knä framför toaletten och försöker återfå min andning. Först förstår jag inte vad det är med mig men gissar kort därefter på en enda rimlig sak. En kraftfull panikattack har slagit till mitt under sömnens gång.

”Vad var det som hände?”, Christian låter oroad genom telefonens högtalare när han ställer frågan. Jag kan inte ge ett bättre svar än att jag måste ha fått en panikattack mitt i min djupsömn.

”Men det är ju inte för inget som man reagerar så starkt, liksom, du kräktes och allt.”

”Jo, jag vet, det var väl att det var så många saker i drömmen, min hjärna blev typ överbelastad.” Christian erbjuder sig att komma och hämta mig, trots att klockan visade 02:36 senast jag tittade.

”Jag vill inte att du är ensam om det skulle hända igen, i alla fall inte i natt, du låter helt färdig”, fortsätter han med sin oroade röst.

”Jag är utanför dig om ungefär fem minuter, måste bara klä på mig och väcka Frasse.” Innan

Christian lägger på hör jag hur Frasse ger ifrån sig ett skall och att hans husse ber honom att sluta: "Folk ligger och sover!"

Christians bil ryker vid avgasrören när avgasen möter den kyliga höstluften som verkligen börjat göra avtryck på löven och gräset på gatan. Snart gulnar löven, någonting som säkert Lina i receptionen avgudar, tänker jag samtidigt som jag stiger in i bilen. Frasse hoppar fram från baksätet och är som alltid glad att se mig. Men även han visar sig vara trött, det är trots allt mitt i natten.

"Tja, känns det bättre nu?", undrar Christian när vi hälsar på varandra efter Frasses vänliga överfall.

"Jodå, det kändes bättre redan efter att vi snackade på telefon."

"Vill du åka nånstans eller kanske äta något? Nån kedja borde ha öppet vid den här tiden", säger Christian och gäspar med hela ansiktet. Det enda jag vill göra nu är att bara ha någon att prata med, så jag föreslår att vi åker mot vår gemensamma favoritplats. Christian instämmer till idén och lägger i första växeln. Mitt huvud rycks bakåt mot nackstödet när Christians bil rusar iväg.

Staden är lika imponerande från utkiksplatsen som den alltid varit härifrån. Oavsett tid på dygnet så verkar centrala delarna alltid leva ett hektiskt liv. En polisbil åker snabbt förbi precis i sluttningen till berget där vi sitter. Innan den försvinner ner i en av alla tunnlar lyser den upp motorvägen med sina blåljus.

På andra sidan motorvägen tar den första kranskommunen vid, där är det inte lika hektiskt. Snarare motsatsen, allt ligger stilla och bara några enstaka människor är på väg mot en destination varken jag, Christian eller Frasse vet om. Längst bort i den magnifika vyn, på kanalerna som sedan når fram till hamninloppet, glider ett par båtar fram i lugn och ro. Även deras destinationer vet vi ingenting om.

"Du pratade alltså med en tysk man i drömmen? Och en kvinnoröst var också med? Är det inte lite halvskumt?", Christians frågor haglar som snöbollar på skolgårdar när första snön kommer.

"Ja, alltså först var jag på en båt, vilket var riktigt konstigt, jag gillar varken båtlivet eller havet." Jag utvecklar det som Christian inte redan vet: "Sen tror jag att jag var i huset som jag bodde i när jag var typ fem till tio kanske, och vår katt Pelle levde fortfarande."

Frasse morrar till när han hör mig nämna katter i mina svar.

"Och det var hela tiden nåt med att jag blev bländad, som om det var en slutpunkt för varje grej. Klyschig hjärna man har ändå", säger jag och Christian skrattar till samtidigt som han försöker få Frasse att sätta sig ner intill oss.

"Ja, du ska ju alltid vara så dramatisk, kul att höra att även dina drömmar försöker vara det. Även om jag förstår att det med Pelle och gamla huset var lite småskumt."

"Det var inte ens det mest konstiga med just huset", fortsätter jag.

"När jag var i köket så hörde jag som sagt en kvinnoröst, men den lät obehagligt lik min mammas. Som om hon försökte prata med mig."

"Vad sa hon då?", Christian låter intresserad, Frasse har han äntligen lyckats få ordning på. Min, vad jag tror att det var i alla fall, mammas ord upprepas: "Hon sa att jag måste tvätta händerna innan maten, och att jag borde veta det."

"Vad skulle det kunna betyda? Känns ju som om din hjärna är lite förvirrad. Sa hon inget mer?"

"Nej, inte vad jag kan minnas, och allt betyder säkert inget. Det är bara jag som är lite slutkörd och så, det har varit en del framsteg hos Frida."

”Men det låter ju superbra, eller hur känner du?”, Christian ställer sig upp från bänken vi sitter på och Frasse hoppar ner.

”Det var väl det du hoppades på när du sökte hjälp, eller? Att ni skulle hitta det du söker med dina känslor och sånt?”

”Ja, absolut, men det är fortfarande mycket att ta in just nu, så jag antar att det var därför jag fick en sån kraftig attack i natt.”

”Du nämnde även en tysk röst, det måste ju vara din farfar eller nåt, visst?”, säger Christan när han lyfter upp Frasse från asfalten och öppnar bakdörren på sin bil.

”Måste vara det, men varför skulle jag drömma om det? Har inte pratat med honom på ett bra tag nu.” Min panna rynkar sig och mina ögon ser ut som om de stirrar in i tomma intet när jag tänker på att det verkligen var en lång tid sedan jag senast pratade med min farfar. Kanske borde jag höra av mig till veckan. Eller han kanske har fullt upp i Tyskland. Vill inte störa den björn som sover, tänker jag i gamla vanor.

"Det är väl kanske just därför han dök upp. Har ni pratat mycket om honom hos Frida?"

"Ja, han har dykt upp allt mer i samtalen. Mest när vi pratar om det som påverkat mig bra", svarar jag och märker återigen att min röst låter optimistisk. Min kropp nästan lyfter av energin som uppstår av de positiva tankarna.

"Okej! Det låter ju grymt, kanske ligger något i det ni kommit fram till. Jag tycker i alla fall att du borde ta tag i det, även om jag fattar att det är jobbigt med din ångest och alla attacker just nu", säger Christian när han öppnar förardörren.

"Du får berätta mer när vi äter, jag bjuder. Jag håller verkligen på att hungra ihjäl", han viftar mot mig att jag ska kliva in i bilen igen. Jag kliver upp från parkbänken och tittar ut en sista gång över stadens siluett. En känsla av hopp sprider sig i kroppen. Frasse blir lika glad när passagerardörren öppnas och han ser mig. Det är som om vi träffas för första gången igen.

Psykologen & Beslutet

Psykologmottagningens byggnad lyser upp på grund av oktobersolens sken. Den dystra betongklumpen till hus är nästan lite vacker ändå, med rätt förutsättningar. Draken, med sitt gröna fjäll, är fortfarande kvar och stirrar på besökarna eller förbipasserande. Vid ingången har en av de stora krukorna med växter plockats bort. I den andra krukan på motsatt sida hänger en vissen växt som fortsätter kämpa mot höstens järngrepp. Med solens strålar är det som om den återfår livsgnistan. Det finns hopp, även i de dystra stunderna. Klyschigt, men ändå sant, till och med i mitt fall, tänker jag och öppnar dörren till mottagningen. Innan jag passerar dörröppningen skrapar jag av gruset under mina kängor.

Lina stirrar in i datorskärmen när jag ställer mig framför hennes receptionslucka. Jag är redan redo med mitt körkort, trots att hon alltid känt igen mig när jag haft träffar inbokade. Hon hänger kvar med blicken på skärmen samtidigt som hennes överkropp vrider sig mot luckan där jag står. Linas händer söker något vid bordet intill luckan, till sist hittar en av händerna knappen som jag redan noterat. Hon trycker in densamma och luckan öppnas långsamt med ett tydligt gnisslande ljud. När den är öppen till hälften ger Lina upp och tittar på mig med en uppgiven min: ”Att den aldrig fixas till är ju helt fantastiskt, eller vad tycker du?”

Jag skrattar till och räcker fram körkortet som vilat i min högra hand. Lina tittar bara med en kvick ögonrörelse på min legitimation och skrattar även hon till: "På dig är det i alla fall ordning, Alex."

Hon ber mig som alla gånger förr att sätta mig i väntrummet och invänta Frida. Tydligen sitter hon fortfarande i ett pågående möte, berättar Lina och kniper in ena mungipan mot kinden som en vänlig ursäkt.

"Det är ingen fara, jag är ändå en kvart tidig", förtydligar jag.

Väntrummet är helt tomt på människor när jag sätter mig ner för att vänta på Frida. Det har kommit att bli min lilla oas av lugn inför psykologträffarna. Mina tankar flödar fritt i den lugna miljön med tavlor på utbredda landskap. En av tavlorna föreställer den franska provinsen Alsace. På bilden syns vingårdar, små byar och en ringlande flod. Om inte texten fanns under bilden hade jag omöjligt kunna veta att det var just Alsace, vilket är pinsamt. Under mina år som student i sydvästra Tyskland besökte jag provinsen flertalet gånger, innan jag kompletterade studierna efter flytten till Stockholm. Det fanns helt enkelt för många vingårdar att besöka och alldeles för lite tid till studierna.

På bordet mitt i rummet står en skål med olika sorters frukt. Framför skålen ligger en inplastad lapp där besökarna uppmanas att äta en frukt om dagen, för att "det är bra för magen." Ett klassiskt budskap från barndomen och någonting jag hörde under alla nutritionskurser under tiden på universitetet. Jag tar ett äpple från skålen och tar en stor tugga. I ögonvrån ser jag en rörelse, det är Lina som viftar vildsint med sina armar mot datorskärmen. Hon ser att jag uppmärksammat hennes frustrerade reaktion och skrattar med en hand över pannan. Jag försöker le tillbaka, men delen av äpplet i min mun försvårar det hela. Mitt i den andra tuggan hör jag de bekanta fotstegen närma sig i korridoren. Äpplet slänger jag i papperskorgen intill soffan och ställer mig upp nästan som i givakt. Frida ler när hon får syn på mig och hälsar mig välkommen.

Solstrålar skiner in genom den tjocka gardinen vid min fåtölj. En av strålarna träffar fotografiet på Fridas familj och riktas om mot sidan av fåtöljen som hon sitter i. Jag dricker en klunk av vattnet som Frida placerat på bordet framför mig. Hon förbereder sitt anteckningsblock och lägger sitt vänsterben över det högra, sedan lutar hon sig bakåt mot den mjuka stolsryggen.

"Har du haft det bra sen vi sågs senast, Alex?", hon tittar mig i ögonen och det känns som om hon bryr sig.

"Ja, det har faktiskt känts bättre. Visst, jag har ju haft ett par panikattacker och så sen vi sågs, men annars rullar väl allt på. Händer dock att jag drömmer konstigt när jag haft mycket att göra, men antar att det händer ibland. Det är som om hjärnan försöker ta tag i alltihop när jag sover", berättar jag och samtidigt nickar Frida i förståelse.

"Det låter som om du fått lite mer ordning i ditt liv, eller har jag fel?"

"Jo, jag har till exempel slutat engagera mig i bostadsrättsföreningen. Nu är jag mest där för att höra hur allt går, mer eller mindre."

"Så du har inte behövt handskas med ordförande Kristina igen? Känns det bra?"

"Absolut, efter att jag slutade bry mig mer än nödvändigt så har hon knappt pratat med mig, vilket är skönt. Och jag och Johanna, min granne som också gick, har blivit bra vänner", utvecklar jag och märker att Johannas namn gör mig glad.

"Du nämnde drömmar, att de varit konstiga? Skulle du kunna berätta mer om dem?", Frida skriver i anteckningarna men behåller ögonkontakten med mig. Jag börjar fundera kring vad i alla drömmar som är värt att nämna. Vill inte att det ska bli en utdragen redogörelse för alla aspekter och detaljer. Det har även varit ganska många de senaste veckorna, med en gemensam detalj i samtliga.

"Efter att vi sågs i september var det som om en pollett föll ner. Vi pratade ju om pappa och om min farfar."

"Ja, det minns jag klart och tydligt. Vi var något på spåren då tyckte vi båda", bekräftar Frida och ser mig i ögonen.

"När jag sov den natten så drömde jag att jag träffade min farfar, tror jag, det är lite oklart. Mannen pratade tyska och pratade om att jag inte kunde sova bort dagarna när jag var på besök", jag nästan skäms när jag berättar om saker jag själv tycker är lite väl flummiga. Men jag observerar att Frida behåller sin blick i min och nickar flertalet gånger varje gång jag utvecklar mina tankar. Hon är här för att hjälpa mig framåt, vilket jag ibland glömmer bort.

"Vad tror du att det betyder? Har det återkommit i de andra drömmarna du haft?", undrar Frida och antecknar samtidigt. Jag nickar, den tyska mannen har återkommit flera gånger de senaste veckorna.

"Vi pratade ju om att min närhet till känslorna kan komma från någonstans i släkten. Men att mamma, pappa och farfar varit mer eller mindre kalla i sitt känslospel."

Jag dricker ytterligare en klunk från vattenglaset och fyller på det igen innan jag lutar mig tillbaka i fåtöljen.

"Jag börjar misstänka att det finns detaljer hos min farfar som bara ignorerats under alla år med detta känslokaos. Att ingen i min närhet är känslig och att jag bär på en förbannelse. Och nu är det som om mina drömmar försöker berätta något för mig." Frida antecknar under hela mitt resonemang och tittar ibland upp för att bekräfta att hon lyssnar på det jag berättar. Hon måste tycka att jag är halvknäpp, men jag fortsätter: "När farmor dog 2005, tappade vi lite kontakt med varandra. Vi pratar ibland och så, när jag fyller år eller om han köpt något typiskt tyskt i Berlin. En gång nämnde jag att jag och pappa skulle ut och äta och då la han bara på." Min röst blir mörkare och jag känner ilskan i kroppen mullra till som åska.

"Det var då jag gav upp hoppet om att det fanns något mer än bara en bitter, självupptagen och sträng gubbe i farfar. Han var som ett litet barn som flydde från min pappas närvaro. Precis som pappa själv gör. Alla i min närhet bara gav upp."

Frida slutar att anteckna och tittar bort mot gardinen som kämpar bort de starka solstrålarna från höstsolen. När hennes ögon återigen söker mina frågar hon: "Finns det någon gång du sett din farfar visa känslor på allvar? Jag menar att han verkligen vågat visa sig svag på det sätt som du berättat att du kan och vill göra ibland?"

Jag tänker efter en kort stund och tittar också mot gardinen. Utanför byggs det nya hus för fullt och en byggarbetare springer förbi fönstret.

"Under de få händelser från barndomen som jag och farfar har tillsammans, så vill jag minnas att han kunde visa känslor. Särskilt när min mamma dog", min röst darrar till. Jag inser att jag har en känslig person i min närhet som jag ignorerat. Ett speciellt minne dyker upp som jag förträngt av någon anledning. Jag berättar: "På begravningen höll han om mig i en lång kram och när allt var över stod vi utanför kyrkan."

"Vad hände då? Pratade ni med varandra?", Frida har nu lutat sig framåt i fåtöljen. Jag nickar med mitt huvud och känner hur mina ögon svider av att mina tårkanaler försöker be mig om att bara släppa fram känslorna.

"Han sa ett par ord som jag nu minns, som jag bara inte burit med mig tillräckligt ofta."

Jag återger meningarna på tyska, för det är så jag minns den: "'Wir schaffen alles, wenn wir zusammen sind. Ich bin für dich immer da."

Frida ser ut som ett frågetecken i hela ansiktet och frågar ivrigt: "Och vad betyder det?"

”Det betyder att vi kommer att orka allt. Så länge vi är tillsammans. Att farfar alltid kommer att finnas för mig.”

En tår faller från min kind ner på översidan av min vänstra hand och jag ger ifrån mig en tung utandning.

Väntrummet är nu inte lika lugnt längre när jag kommer tillbaka från mitt möte med Frida. Vi har bestämt att ta en paus från vår process när de tänkta strategierna är utförda av mig. Lina sitter med ett par hörlurar och tittar fortsatt in i sin datorskärm. Hon studsar lättsamt upp och ner på kontorsstolen och gungar med huvudet fram och tillbaka. Hon får syn på mig, vinkar mot mig och tar ur en hörlur ur ena örat. ”Var hon snäll mot dig idag?”, säger Lina och ler glatt samtidigt som jag hör hur musiken strömmar ur den hängande hörluren. Jag ger henne tummen upp och hon nickar lika glatt tillbaka som hennes leende. Min mobil vibrerar till snabbt. Det är Christian som skickat ett sms där han undrar hur allt gått och om jag behöver skjuts hem. Jag skriver tillbaka och tackar artigt för erbjudandet. Han svarar på en gång att han är framme om ungefär en kvart, tydligen långa köer.

I min väntan slår jag mig ner på en av de lediga sofforna i väntrummet och tar en tidning på måfå. Jag rättar till min rygg mot soffans ryggstöd och råkar stöta till kvinnan bredvid mig. Hon tittar först förvånat på mig, men när jag ler ursäktande förstår hon att det inte var meningen. Kvinnan vänder tillbaka sin blick mot sin mobilskärm där jag ser att hon spelar ett av alla populära spel. Själv vänder jag ner blicken på tidningens omslag som jag håller i min hand. Det är samma tidning som jag lyckades välja ut för någon månad sedan när jag satt i samma väntrum.

Under tiden som jag långsamt bläddrar igenom tidningens blanka sidor, tänker jag på alla strategier som jag och Frida diskuterat och utvecklat. Strategierna ska fungera som en tidsplan under ett par månader där min hälsa ska utvecklas till det bättre. Planen består av olika punkter som vi arbetat fram genom att analysera hennes anteckningar. Till exempel ska jag försöka motionera minst tre gånger i veckan. Detta för att öka blodflödet till hjärnan, och även kunna hantera stresshormon mer fördelaktigt. En annan av strategierna är att jag kontinuerligt ska uppdatera Frida hur det går med planen. Om jag får återfall med panikattacker eller om ångesten ökar, ska jag höra av mig för att boka in ytterligare möten där Frida kan bidra med sin expertis.

Efter fem minuters bläddrande kommer jag fram till sidan med bilden på militärfartyget. Männen som gör segertecken hängandes utanför skeppets reling måste ha så många historier att berätta. Bilden påminner mig ännu en gång om farfars tid i den västtyska militären. I och med det leds mina tankar in på en av de viktigaste strategierna i min plan. Jag har tagit beslutet att resa ner till farfar i Berlin. Det är dags att förstå vem han varit och vem han är nu. För att rädda mig och mina känslor.

Moritz Kimmich

"Hör på, tyskfan"

En klarblå himmel agerar bakgrund till det som
manskapet blickar ut över. Saltvattnet från Stilla
havet svider i de torra ögonen som försöker
fokusera på horisonten. Fartyget färdas i
långsam takt på det mörkblå vattnet. Luften
känns friskare än i hemlandet, den nästan
välkomnar allihop till deras nya tillvaro. En våg
slår hårt mot skrovet och vatten stänker upp
över några av besättningen. Skratt utbryter från
de som inte blivit genomblöta av havets salta
vatten. Samtliga pojkar håller sig fast i relingen
eller vad som går att stödja sig mot när vågen

gjort sitt. Vågorna har börjat tillta trots rapporterna om lugn sjögång. Än så länge krävs det dock ingen större muskelstyrka för att vara kvar ombord det väldiga militärfartyget.

Den äldre besättningen som under flera år tjänstgjort på samma fartyg har redan vittnat under de första middagarna om de ohyggliga stormar de behövt genomlida. De har berättat om hur vissa stormar under kriget fick dem att be för sig själva och för sina familjer i hemlandet Amerika. Att till och med valarna som lekte mot skrovet försvann bort i ren fasa. De yngre förmågorna lyssnade med stora nyfikna ögon under middagarna och kunde bara hoppas på att inte behöva genomlida samma sorts oväder. Det var ju krig dessa män talade om, inte upplärning som pojkarna skulle genomgå.

Bakom fartyget tronar Kaliforniens kust med sina stränder och moderna motorvägar. Solens sken mot de enorma sandmängderna och människorna som befinner sig på desamma, skapar en vy som få av pojkarna på däck tidigare sett. I hemlandet Västtyskland vet de unga soldaterna, som nu vänt blicken mot kusten, knappt vad en strand är på grund av den minimala kustremsan mot Östersjön. Västberlinarna i synnerhet har, om de kan utstå det och ens vill, möjligheten att bada i och sola intill floden Spree. I alla fall där gränsen till Östberlin inte bevakas av den pessimistiska östtyska militären som tenderar att skjuta på minsta lilla rörelse. Floden slingrar sig igenom delar av Berlin som en smal orm och påminner inte alls om den frihet som amerikanerna på stranden besitter.

En högljudd signal ljuder över militärfartygets enorma däck. Pojkarna släpper blickarna från både horisonten, stränderna och varandra. Deras ögon söker sig till kaptenens röst som tränger igenom den öronbedövande signalen med sin tydliga och kraftfulla amerikanska stämma.

"Hör upp soldater, bege er till era stationer, omedelbart!" beordrar den långe och muskulöse kaptenen, samtidigt som cigaretten i hans mun rör sig i takt med hans order och signalen fortsätter ljuda. De äldre männen som deltar som övningsledare på fartyget har utöver sin krigshistoria, även förklarat att kaptenen är en skräckinjagande gestalt. Somliga har till och med påstått i sina skildringar att kapten Owens varit död och återuppstått ur japanernas fångenskap. En historia som vissa av de unga militärerna faktiskt trodde på.

Signalen ljuder nu med ökad frekvens och pojkarna skingras i sina olika grupper. De beger sig mot sina respektive stationer i ilfart, nästan så att de knuffar varandra överbord. Den unge Moritz Kimmich reagerar ett par sekunder långsammare än alla andra och har svårt att lokalisera var han ska bege sig. I sitt sökande efter skyltar möter han kaptenens blick ovanför sitt huvud. Den respektingivande mannen tittar på Moritz och slår ut med armarna. Moritz är nu så otroligt stressad att han nästan tror att kaptenen ska lyfta upp honom i nackskinnet. Kaptenen undrar uppenbart vad som försiggår. Men innan kaptenen hinner använda sin röst för att fråga vad som pågår, reagerar Moritz instinktivt och försvinner ur kaptenens synfält illa kvickt.

I navigationsrummet är det till en början kaosartat när samtliga pojkar som är stationerade vid respektive station försöker hitta hörlurar, anteckningspapper och annan nödvändig utrustning. En hörlur ses flyga genom rummet och träffa en av pojkarna i ansiktet. Ljudnivån är intensiv och en del av deltagarna håller för sina öron innan de placerar ett par lurar över huvudet. Moritz observerar det stressade manskapet som antingen sliter hörlurar ifrån varandra eller tar pennorna från varandras bord. Det ser ut som det gjorde i hans familjehem när alla syskon slogs om den sista biten potatis eller den sista biten korv, tänker Moritz och känner hur någon springer in i honom bakifrån.

Pojken som knuffar omkull Moritz tittar på honom med en arg blick, som om det var Moritz fel att han stod i vägen. Pojken springer sedan vidare till sin station utan att ens be om ursäkt. Moritz följer pojkens väg genom rummet med blicken och när pojken hittat fram till sin plats börjar Moritz själv småspringa genom samma rum.

Längst bort i navigationsrummet ser han hur hans station redan har plundrats på hans hörlurar och alla nödvändiga verktyg. Detta trots att han redan kvällen innan ordnat sin station vid händelse av en situation som besättningen nu befinner sig i. Moritz suckar och känner sig lite sviken. Han som försökt vara förberedd och duktig. Det är dock inte första gången hans besättningskollegor gör såhär. Dagen innan övningen hade någon av alla pojkar tagit kudden som tillhörde hans säng. Ytterligare två dagar innan kudden var allt potatismos på hans lunchtallrik borta när han vände bort blicken i två sekunder. Starten av träningsveckorna i Kalifornien hade med andra ord inte varit enkel att hantera.

Eftersom allt material som Moritz behöver är borta, förstår han att han måste bege sig till förrådet där alla reservdelar förvaras, och det snabbt. Han måste hinna innan övningsledarna kommer in till det kaosartade rummet för att påbörja träningsmomentet. Det skulle vara en katastrof att inte kunna visa upp sitt engagemang och sin ambition redan vid en av de första övningarna.

Den kraftiga och intensiva pulshöjningen efter att ha sprungit igenom de trånga korridorerna fram till förrådet, gör att Moritz måste stödja sig mot den massiva dörren som stänger inne alla reservdelar och nödvändigt extramaterial. Huvudet bultar och andningen är i otakt. Det känns nästan som om han ska svimma. I det läget önskar han att det hade tillbringats mer tid i motionsspåren utanför Charlottenburg. Moritz hinner inte vila länge, utan vevar upp dörrens massiva lås och drar sedan dörren mot sig. Ett starkt ilande ljud ljuder när gångjärnen möter varandra och musklerna värker av ansträngningen. Ljudet studsar mot korridorens kraftiga konstruktion så pass att en övningsledare till en annan grupp tittar ut från en dörröppning. Han frågar vad som pågår, men Moritz hinner inte svara innan han går in i förrådet.

Inne i rummet finns massvis med konserver, flytvästar och gevär. I en låda som Moritz rycker ner från en hylla hittar han sjökort och kortlekar. I en annan som han greppar tag i hastigt finns bara gamla tidningar. Bakom en hylla i ett hörn hittar han äntligen vad han söker. Där ligger en osorterad hög med hörlurar och ett par använda anteckningsblock med ett tjockt lager damm över sig. Moritz sliter tag i två anteckningsblock och ett par hörlurar, stänger igen dörren med all sin kraft utan att se sig om och springer tillbaka mot navigationsrummet. Ännu en gång tittar övningsledaren ut och tittar förvånat på Moritz när han kommer förbi springandes i full fart.

Övningen har redan påbörjats när Moritz kommer in i rummet. Han är så pass andfådd att han lutar sig med pannan mot dörröppningen. Svetten rinner längs hans rygg och i pannan har svettpärlor bildats. Övningsledarna tittar på honom förvånat med en tilltagande avsky. Samtliga pojkar sitter alla ordningsamt med hörlurar och pennor, de ler hånfullt mot Moritz. Pojken som tidigare sprang in i honom ler även han. Tårkanalerna svider till, men Moritz får inte visa sig svag. Absolut inte inför övningsledarna.

När han passerar övningsledarna och pojkarna och till sist når sin plats, hör han hur övningen återupptas. Moritz sätter sig ner med sina hörlurar och öppnar upp det dammiga anteckningsblocket. En tår faller på det tjocka dammet på första sidan. Ett litet moln av damm uppstår. Han torkar snabbt bort tåren och kopplar in hörlurarna i skärmen som är toppmodern för att vara år 1958. Den visar var fartyget befinner sig, Moritz antecknar koordinaterna.

Efter övningen plockar samtliga deltagare ihop sina hörlurar och avslutar sina anteckningar som de påbörjat. Övningsledarna förklarar att middagen serveras mellan klockan 17 till 18. Ombyte är ett krav då det väntar nattövning bara ett par timmar efter att middagen är slut. De förtydligar att övningen kommer att ske på en ö strax utanför kusten. Alla deltagare ombeds gå ihop två och två då övningen kräver samarbete. De flesta har redan funnit sig en kamrat att genomföra övningen med när Moritz söker igenom rummet med en osäker blick. Han får ögonkontakt med en av pojkarna som ser lika osäker ut som han själv. De bildar ett par genom två enkla nickningar mot varandra.

Rummet är nu nästintill tomt på människor förutom Moritz och en av övningsledarna. Precis innan han ska lämna rummet ber ledaren Moritz att stanna en stund. Ledaren ställer sig vid en av navigationsskärmarna och står tyst ett par sekunder. Han vänder sig om i riktning mot Moritz: "Vet du vad skillnaden är mellan USA och ni européer?"

Moritz vet inte vad han ska svara och tittar ner i det kala golvet.

"Skillnaden är att vi amerikaner inte tolererar misstag", fortsätter ledaren.

"Vårt land äger ert land, ni gör som vi säger. Era misstag under kriget har gjort det möjligt. Om jag ska vara ärlig så är jag inte förvånad att just du begick misstag idag, Kimmich.”

Moritz behåller skamset sin blick på golvet, han ser hur en kackerlacka springer mellan två av borden i rummet och sedan försvinner in mellan en spricka i väggen.

”Ni tyskar behöver läxas upp och lära er av er skeva historia. Vill inte ens veta hur era grannar i öst beter sig. Att vi ens kommit på idén att erbjuda västtyska militärpojkar att manövrera våra toppmoderna fartyg är ett skämt”, nu har ledarens stämma blivit ännu mer frustrerad.

Han går runt ett av borden i mitten av rummet för att komma fram till Moritz som nu skakar av rädsla för ledaren. Han känner hur ledaren lägger sin hand på axeln och kniper åt: ”Hör på, tyskfan. Om jag får reda på att du gjort något så litet som att tappa en gaffel på köksgolvet så slänger jag personligen av dig i närmsta hamn. Är det förstått, eller måste jag ta hit en tolk för att din slarviga hjärna ska fatta?”

Ledarens hand kniper nu så hårt att Moritz grimaserar. I smärtan får han fram ett svar: ”Yes, I understand, sir.”

”Du är i Amerikas händer nu, då finns inget utrymme för dina onödiga misstag. Nästa gång vill jag att du är förberedd” avslutar ledaren och släpper Moritz. När han lämnat får Moritz anstränga sig för att inte falla ner i en stol och gråta i det stora navigationsrummet.

Västberlin, 1951

I gränden ekar ljudet av en krossad glasflaska. Ljudet studsar mellan tegelväggarna som en studsboll och når slutet av gränden. Strax efter att glaset spruckit, faller ett par metallstänger i backen och ger ifrån sig ljudet av en ostämd orgel. Ännu en gång krossas glas mot den spruckna asfalten som löper mellan två industrilokaler. Källan till all uppståndelse visar sig vara två vilda hundar. De springer bredvid varandra som en liten flock och en av hundarna skäller högt innan de är utom synhåll. När ljudet av hundens skall även det ekat ut ur gränden finns bara det krossade glaset och stängerna kvar för att vittna om att hundarna ens varit där.

Uppifrån taken liknar gränden en spricka i Grand Canyon som söker sig till en närliggande flod. Teglet ser nästan ut som bergen runt floderna i det magnifika underverket. De krossade fönstren på enstaka platser i teglet skulle kunna vara små hålrum i de enorma bergen. I de hålrummen bor fåglar och föder upp sina ungar. Innanför fönstren finns det troligtvis inga fågelbon eller ens en möbel. Gränden är inte lika vacker som det turkosa vattnet i floderna heller. Det är en plats att längta till.

Dessa byggnader är sedan flera år tillbaka övergivna av gamla storföretag. Här i de enorma lokalerna tillverkade militären sin utrustning, sina textilier och många av fordonen till den tyska armén. Små efterlämningar av material ligger utspritt på olika platser. De har fungerat som farliga leksaker för de unga människorna som tröttnat på desamma efter en lång dag med lek. Vissa av byggnaderna har fortfarande namnet av företaget som ägde byggnaden kvar på fasaden. En del av skyltarna lyser även upp på nätterna trots att elen knappt räcker till i resterande del av staden. När lamporna tänds brukar ögonen bländas av det starka skenet men sen överväldigas barnen av de tydliga och vackra färgerna i neongasen. Den sovjetiska handelsblockaden som trappats upp senaste åren har bevisligen glömt av dessa eltillgångar trots att de försöker stänga av allt överflöd.

Efter kriget övergavs husen av företag som inte kunde fortsätta bedriva sin verksamhet i den krigsdrabbade staden. Samtliga företag flyttades till Västtyskland för att överses av de amerikanska myndigheterna. Ingen önskade ytterligare en tysk armé kapabel till de hemskheter som den bedrivit i nästan två årtionden. Inte bara dessa företag förflyttades, även livsmedelsföretag packade ihop sina tillgångar och begav sig till den fria marknaden i västra Europa. Bakom sig lämnade de kvar sina västmedborgare i den ö i Östtyskland som kommit att bli Västberlin. "Ö"-medborgarna har dock ett visst stöd av den västtyska regeringen, men räknar med att försörja sig själva om regeringen till sist vänder ryggen till.

Nuförtiden fungerar alla övergivna områden som ogästvänliga lekplatser för de barn och ungdomar som vågar sig dit. Trots att myndigheterna gör mycket för att inte tillåta människor på platserna, med till exempel vakter, räcker uppenbarligen inte resurserna till för att hålla majoriteten av de rastlösa krigsbarnen borta. Föräldrarna i Västberlin är för upptagna med att skapa sig karriärer som de blivit lovade av regeringen i Bonn, att de glömmer av var deras barn tar vägen efter skoltid. Barnen kommer i efterhand. En värld av möjligheter för det lidande folket går tydligen inte att ignorera. Nu ska deras liv återfå sin fornstora glans efter den massiva bombningsoffensiven som drabbade dem under krigets sista år. I eftermälet av kriget stod majoriteten utan hem och efter snart sex år av fred är det dags att komma på fötter igen.

En tioårig Moritz fantiserar vidare om grändens likheter med Grand Canyon från taket. Han har sett många liknande bilder i en bok som han bläddrat i under timmarna i skolan. Mycket av det som han får lära sig har med väst att göra, i synnerhet USA. Där är allt möjligt, jämfört med öst. I USA får alla jobba hur mycket de vill, där kan människor köpa alla möjliga godissorter man kan tänka sig och ingen behöver vara rädd för gubbar med vapen. Enligt lärarna är USA deras bästa vän som ser till att västtyskarna mår bra. Amerika ser även till att västberlinarna inte behöver vara fundersamma kring vad östtyskarna sysslar med. Detta trots att tyskar i väst i nuläget fortfarande kan röra sig fritt i Östberlin. Väst mår bra och så ska det förbli genom att USA tar hand om landet.

I öst är alla vänner med de hemska ryssarna som tagit många länder bortom Östtyskland tillfånga och behandlar dem illa. Östtyskarna får, enligt lärarna, aldrig gå på bio eller vara ute på kvällarna. De får inte heller läsa om hur fint vi har det i väst för det tycker inte Sovjetunionen om. Sovjet vill inte att östtyskarna ska vilja åka till väst, och det är lika bra, menar lärarna. I öst orkar man inte jobba och de vill fortsätta kriget som väst gör allt för att slippa. Bara väst sköter sig och inte skapar oreda för USA, kommer framtiden bli en perfekt plats för barn i Västberlin och Västtyskland att växa upp i, menar lärarna under sina dagliga lektioner.

Moritz brukar ofta tillbringa tid på taken i det nergångna industriområdet. Det ligger inte särskilt långtifrån hans skola och ingen funderar särskilt mycket var han tar vägen. Så länge han är hemma innan skymningen på vardagar är det oftast ingen fara. På helgerna gör han precis som han vill, då bryr sig varken mamma, pappa eller syskonen var han är. Det är nästan som om han är ett spöke som glöms av ibland. En känsla som Moritz till en början fick ont i magen utav men nu vant sig vid. Moritz har alltid känt att han har lätt för att bli glad eller ledsen. Men på grund av sin pappas stränga beteende har han försökt vara mer som honom, mer som en känslokall man.

En gång misstänkte dock en av alla lärare att det var just det förbjudna området som Moritz begav sig till efter skolan. Det slutade med en örfil och en sträng tillsägning av läraren som också skickade med ett utförligt brev hem i hans ryggsäck. När mamma läste brevet blev hon inte särskilt arg, utan höll det bakom ryggen. Mamma smekte Moritz på kinden som hon brukar göra när han kommer hem från olika äventyr. Hon lovade Moritz att inte berätta för pappa om han i framtiden höll sig borta från området. Moritz kunde inte till att ljuga för sin mamma utan försökte berätta hur kul det är att vara på husens tak och fantisera om Grand Canyon. Hans mamma låtsades inte höra honom och frågade istället om han var hungrig efter en lång dag i skolan.

På det tak som Moritz är på finns stora stenar och annat skräp, mestadels avblåsta takplattor. Taket har på enstaka platser hål rakt ner i lokalens tomma rum, men dessa hål har Moritz full koll på. Trots att alla tycker att det är en farlig plats att vara på, är det en av få platser i Västberlin som Moritz faktiskt känner sig trygg på. Han får tid för sig själv och hans många tankar om livet får tid att gro under alla timmar på taken och i byggnaderna. En fristad där han slipper den hetsiga vuxenvärlden där alla bara har tid för sig själva, inklusive hans pappa.

Ibland dyker äldre barn och tonåringar upp som söker bråk, men Moritz har sedan länge lärt sig att undvika dem om de vågar sig in på området. Han navigerar husens strukturer nästan med förbundna ögon och vet exakt var han kan gömma sig om det skulle behövas. Bara när han märker att en av sina få vänner sökt sig dit kan han ibland hälsa. Men i det stora hela föredrar han att utforska husen i ensamhet.

Moritz plockar upp en av stenarna och tar sikte på det andra huset. Han slänger den med all kraft som är möjlig och den landar på det motsatta taket. Stenen rullar efter att den landat och fortsätter rulla tills den försvinner ner i ett av takets hål. Inne i den tomma lokalen under taket hörs en högljudd smäll när stenen träffar det hårda betonggolvet.

Solen börjar gå ner i horisonten. Ett av Västberlins höga hus skymmer tillfälligt solens strålar. Takets tidigare så urskiljbara struktur bli mer och mer otydlig. Moritz vet om att han inte bör vara kvar på taket när mörkret kommer eftersom hålen i taket är nästintill osynliga när ljuset försvinner. Han söker sig till dörren som leder till trapphuset innanför byggnaden. Dörren är tung för en tioårings armar men går ändå att rubba med viss beslutsamhet. Moritz skyndar ner för trapphuset och hör hur dörren slår igen bakom honom när han är i slutet av trapporna.

Ett par av byggnadernas neonskyltar har börjat lysa upp de många gränderna. Moritz märker att det fortfarande är varmt i luften trots att solen nu försvunnit från försommarhimlen. Han svänger runt ett hörn och känner hur livet inte är så tråkigt i den grå och knappt återuppbyggda staden. Snart är han bara ett par meter från byggnaden som gränsar till gatan utanför industriområdet. Han passerar byggnadens hörn i högt tempot och går rakt in i en enorm gestalt. I chock vet han inte vad som har hänt utan tror att han gått in i själva husets fasad. Moritz inser efter ett par sekund att det är en av de utsända vakterna som går sin rond.

Trots att det är söndag är vakten ändå där och håller utkik efter otillåtna inkräktare. Vakten tittar förvånat på Moritz innan hans ansiktsuttryck förvandlas till ett leende. En av vaktens händer greppar tag i Moritz och den andra handen lyser med en ficklampa i hans ansikte. Moritz kan inte tänka på någonting annat än att hans pappa kommer att bli galen när han får reda på detta.

"Was hast du jetzt schon wieder angestellt?!" skriker pappa och rycker tag i Moritz. Vakten har förklarat var han hittat Moritz och står nu med honom vid ytterdörren. Vakten förklarar vidare med sträng ton: "Jag hittade er son i ett av Charlottenburgs nerlagda industriområden. Det är förbjudet att vistas där enligt västtysk lag. Har ni inte informerat er son gällande detta? Om inte, så är det hög tid att göra det."
Vakten fortsätter: "Området kommer nämligen att rivas inom en snar framtid och det skulle

vara mycket olyckligt om er son hittades i ruinerna."

Vakten tittar ner på Moritz som står tyst bredvid. Han vågar varken möta vaktens eller sin pappas blick.

"Tack för att du körde honom hem, nu kan vi sluta oroa oss", säger mamma som kommer ut ur köket.

"Tig!" skriker pappa och tittar argt på sin fru. Han vänder sedan sig mot Moritz och vakten i dörröppningen.

"Du ska vara glad att jag inte slänger ner dig i källaren och slänger bort nyckeln, din lilla skitunge. Jag tänker inte ens ge dig den utskällning du förtjänar, bara gå härifrån!", skriker pappa och släpper tioåringens arm. Både vakten och pappa behåller blicken på Moritz när han inte riktigt vet vad han ska göra enligt sin ilskne pappa. I rädslan för vad som ska komma härnäst, låser sig hjärnan för Moritz.

Till sist tar han dock ett första steg bort från de två männen.

Moritz skyndar skamset förbi både sin pappa och mamma. Han ramlar nästan i trappan på väg upp till sitt rum eftersom han har så bråttom. Väl uppe på övervåningen stannar Moritz vid dörren till sitt rum. Vakten är fortfarande kvar i hallen och i köket hörs mamma ordna med dukningen inför morgondagens frukost. Ett par fotsteg hörs i hallen och ytterdörren öppnas. Innan dörren stängs hör Moritz sin pappa förklara till vakten, nu med en betydligt lugnare stämma: "Jag beklagar att du behövde skjutsa hem den lille fan under din arbetstid. Han är en liten plåga mest hela tiden den där."

Moritz tittar skamset ner i golvet på övervåningen. Vakten svarar med vänlig ton: "Jag gör bara mitt jobb. Vill inte att något av våra barn råkar illa ut, de är ju trots allt grunden i det nya Västberlin vi alla önskar."

Pappa grymtar till och avslutar samtalet: "Ja, och hur fan ska det gå om de förbannade snorungarna inte ens kan lyssna på sina föräldrar?"

Ytterdörren stängs igen och Moritz går in på sitt rum.

"Allt väl, Ossie?"

Dagen börjar med att massor av fotsteg rusar förbi dörren till rummet där Moritz sovit djupt hela natten. Ögonen är grumliga efter den djupa sömnen och till en början ser han ingenting när ögonlocken lättar. När ögonen vant sig vid ljuset från morgonsolen tittar Moritz upp mot klockan på väggen och inser att han försovit sig. I all hast stiger Moritz upp ur sängen och tar på sig sina arbetskläder som han lagt på stolen intill sängen kvällen innan. Det är en viktig del av hans vardag är att vara noggrant förberedd, trots det har han ändå lyckats försova sig. I sin besvikelse över sitt eget misstag suckar han högt och går ut i korridoren utanför sitt rum.

I korridoren får Moritz hoppa undan när de andra boende nästan flyger förbi i klungor. Det verkar vara någon form av militärövning denna dag som Moritz inte blivit informerad om. Varje gång han försöker ta ett steg ut i korridoren får han backa undan för nästa förbipasserande. En av hans vänner springer förbi och skrattar, deras blickar möts. Vännen ropar någonting otydligt som Moritz inte förstår och fortsätter vidare till slutet av den stökiga korridoren. När folkmassan minskar kan Moritz äntligen lämna sitt rum och låsa dörren.

Boendet som Moritz bor på är en militärbyggnad som huserar framtida löften inom militären. En gång i tiden var det ett av husen som utbildade de soldater som kom att vara några av världshistoriens värsta monster. Denna detalj har dock samtliga västmakter blundat för när de återinförde värnplikten inom västtyska armén. Därför är nu samtliga militärbyggnader i området återinförda som utbildningssektorer för den pågående upprustningen. Allt finansierat av de forna segermakterna efter kriget för att återuppbygga Västtyskland och visa öst att kapitalismen är rätt väg att gå.

I brist på information och i stressat tillstånd beger sig Moritz nerför trapporna i den vackra byggnaden och ut på gården till sin cykel. Hans sommarjobb är, när det inte förekommer militärövningar, att arbeta som springpojke åt en amerikansk advokatfirma med säte i Västberlin. Företag som advokatfirman har rätt att använda billig arbetskraft från den nyetablerade västtyska militären, särskilt de yngre förmågorna i 15-17 års ålder. Där passar Moritz perfekt in med sina 15 år och sin ambitiösa utstrålning. Han låser upp cykeln och sätter iväg i full fart mot advokaternas kontor som ligger några kilometer bort i Västberlins mest kommersiella del, Kurfürstendamm.

Som vanligt är trafiken monumental i det kapitalistiska centrat av staden. Moritz får varje arbetsdag trängas med bilarna på gatorna som är fulla av amerikaner, fransoser, engelsmän samt tyskar. Alla försöker de skapa sig ett liv med oändliga möjligheter i det knappt elvaåriga samhället som är Västtyskland och Västberlin. Västtyskland har blivit ett litet experiment för segermakterna och nu prövar de varenda idé de kommer på genom att testa den inom det nya landet. Det är i alla fall vad samtliga militärer tycker och tänker vid middagarna borta på boendet, inklusive de äldre officerarna.

En motorcyklist är nära att köra på Moritz när han manövrerar sig igenom trafiken utan att tänka sig för. Motorcyklisten skriker på Moritz, på vad han tycker låter som franska, och viftar med hela armen mot den unga tysken. Moritz stannar upp på cykeln och försöker försiktigt visa att han tänker låta motorcykeln växla förbi honom mellan ett par bilar. Mannen på motorcykeln ler med sina ögon genom den smala öppningen i hjälmen trots den tidigare aggressionen. Han rör sin högra handled för att gasa iväg och motorcykeln ryter till innan den försvinner bort i de långa bilköerna.

Cykeln är ett troget hjälpmedel i staden som Moritz vuxit upp i och sett växa till sig efter kriget. Han har inga minnen av hur staden såg ut innan bombningarna som förstörde staden. När han var tre år, strax efter landsättningen av de allierade trupperna vid Normandie, flydde hans familj undan krigets fasor. De blev allihop beskyddade av den tyska motståndsrörelsen i en liten by utanför Hamburg. Moritz har inte fått veta så mycket mer än att hans pappas förakt gentemot sitt lands tyranner ledde till att flykt från deras hem var det enda alternativet i slutändan. Inget annat alternativ fanns under år 1944 för familjen Kimmich. Efter krigets förödande framfart, återvände familjen till ett sönderbombat hem ungefär ett år efter att den tyska krigsmakten gett upp. En kamp för pappa, mamma och barn påbörjades, en kamp de delade med tusentals andra tyskar som inte vågade eller ville sätta sig upp mot makthavarna.

Med hjälp av cykeln har Moritz kunnat utforska inte bara större delarna av Västberlin, utan även de närliggande småstäderna i öst. På grund av västmakternas inflytande är det möjligt för de västliga medborgarna i den forna huvudstaden att besöka östblocket. Det enda som krävs för att bli insläppt av de alltmer misstänksamma östberlinarna, är en legitimation utfärdad av Västtyskland.

Det motsatta gäller dock inte, invånarna i Östberlin krävs på visum och en godkänd anledning för att få tillträde till grannarna i väst. Dessa hårda regler grundar sig i de stränga riktlinjerna från Moskva. Reglerna har börjat bli allt strängare för varje år som går, enligt ledarna på militärboendet. Anledningen till detta är att flyktvågen från öst till väst snart är uppe på rekordnivåer. Öst vill veta vilka som eventuellt försöker fly och genom sina regler kan de protokollföra misstänksamt beteende.

Moritz förstår inte varför öst är så benäget att styra sitt folk i östblocket. Han önskar sig, som många andra, ett gemensamt Tyskland där alla lever tillsammans i fred. Han önskar till exempel att fler i Västberlin kunde uppleva Potsdam i öst som är hans familjs ursprung. Tyvärr kan han inte tillbringa särskilt mycket tid där trots att det är hans smultronställe. Detta beror på att en medborgare i väst måste infinna sig vid en av gränsövergångarna senast vid klockan 20 samma dag som personen passerar gränsen in i öst. Detta är ett villkor från öst som inte justeras oavsett anledning. Samtidigt vet han om varför situationen ser ut som den gör mellan de två länderna. Ett nytt bombanfall på hans hemstad skulle vara slutet för den stad han älskar. Det kalla kriget ser inte ut att ha ett slut, så detta är den verklighet han motvilligt accepterar.

Moritz låser fast cykeln i en stolpe utanför det nybyggda kontorshuset på Tauentzienstraße 13 bakom Kurfürstendamm. Här huserar, förutom advokatfirman, myndigheter för diverse ändamål. Oavsett vad alla jobbar med i byggnaden så är samtliga klädda i kostym och fina skor. När Moritz kommer in i receptionen möts han vanligtvis av dömande blickar av antingen advokater eller statsanställda. Hans gröna militärklädsel är inget som uppskattas av de antimilitära statsanställda. De ser gärna att det amerikanska initiativet att bygga upp militären läggs ner. Dessa intellektuella personer är trötta på krig eftersom de stirrat kriget i vitögat som unga. Vissa deltog antagligen i de sista befälen och vet om vad ryssarna är kapabla till, men även att

152

amerikaner tar vad de vill ha. Därför är just amerikanerna på advokatfirman i huset avskydda. De har intagit landet med sina betydligt mer exklusiva kostymer jämfört med de tyska statsanställda som arbetar på våningen under.

Moritz hälsar på receptionisten som bekymrat stirrar ner i sitt skrivbord och går mot den respektingivande trappan som är byggd i den rymliga lobbyn. Han hoppar över två steg i taget och nästan svävar upp för trappan innan han i slutet av trappan svänger av mot höger. Utanför advokatfirmans entrédörr står en låda med frukt som bara de i öst kan drömma om att få smaka. Moritz lyfter upp lådan och knackar på dörren till advokaterna. Innan sekreteraren öppnar dörren hinner han filosofera. Förhoppningsvis har han ett mindre äventyr framför sig under dagen, det har nämligen ryktats om att advokatfirman har förvärvat klienter i Östberlin. Dessa personer är nu i behov av expertisen som enbart anses existera i väst.

"Kul att se dig, Moritz!", den karismatiske amerikanen ler med hela ansiktet när han ser Moritz stiga in i kontorslokalen med lådan full av frukt på axeln. Moritz ställer ner lådan på närmsta bord och amerikanen kommer fram. Ett hårdare handslag än det som amerikanen levererar varje gång går inte att finna, tänker Moritz. När amerikanen släpper tyskens hand känner han hur blodet kämpar sig tillbaka in i handflatan.

"Så, hur går det hos militären? De sköter sig väl hoppas jag, i alla fall våra utsända grabbar från USA, vill ju inte att ni får felaktiga instruktioner eller hur?", säger amerikanen och ler nu ännu mer med sitt ansikte. Moritz nickar artigt och försöker förstå hur det ens är möjligt att utstråla ett så soligt yttre. Den solbända hyn och de kritvita tänderna andas framgång, i alla fall om Moritz ska tro de västerländska tidningarna han läser borta på militärboendet. Amerikanen fortsätter: "Jo, Moritz, du kanske har hört om våra nya klienter? Eller nu kanske jag går handlingarna i förväg? Säg till om jag är lite brysk, vi har nämligen lite press på oss gällande just dem."

Moritz försöker få fram ett svar där han bekräftar amerikanens information men avbryts innan munnen ens bildat en bokstav.

"Vi har en klient i Östberlin, i Friedrichshain, som är i stort behov av ett par dokument. Klienten står och trampar inför sin förflyttning från Östberlin." Amerikanen tittar på Moritz med en blick som vill att den unga tysken verkligen förstår vad som sägs.

"Därför behöver dessa dokument nå klienten innan dagens slut. När detta är gjort kan vi återkoppla till vår samarbetspartner i Köln och påbörja förflyttningen."

Moritz nickar återigen och amerikanen ler med sina elfenbenständer. Han dricker en klunk från ett glas som ser ut att innehålla whisky och utvecklar: "Du vet ju hur de är i öst, förbannade stenåldersfasoner. Man förstår ju att ryssarna flåsar dem i nacken med sina metoder, allt tar år och dagar innan det skrivs under papper." Amerikanen dricker ytterligare en klunk från glaset och isen slår mot det lyxiga glaset.

"Inte konstigt att fler börjar lämna det bakåtsträvande landet. Allt är bättre med vårt tänk, men det behöver jag väl inte säga till en framtidvisionär som du, eller?"

Moritz har gett upp att försöka svara med ord, han nickar en tredje gång mot amerikanen som räcker fram det tjocka kuvertet fullproppat med papper.

"Se så, iväg med dig så vi får över klienten lagom till veckoslutet. Annars får jag bossen på halsen, och det vill nog ingen", han simulerar med sin tumme en kniv som rör sig över hans stora adamsäpple och räcker ut tungan. Moritz ler genant och tar emot kuvertet.

Trafiken har blivit betydligt mindre på gatorna i Västberlin och Moritz behöver inte längre cykla sicksack för att komma fram mellan bilarna. När han passerar ambassaderna i Tiergarten ser han hur långa köer ringlar sig ut på gatan intill. Samtliga personer ser lyckliga ut, som om de vunnit på lotteri och vill fira. Vissa människor gråter av lycka och kramar om varandra, andra står tysta med blicken rakt fram med blygsamma leenden och firar ensamma.

Ganska snart, innan Moritz cyklat igenom hela kvarteret, inser han att det han sett är flyktingar från Östberlin. Människorna har, trots de stränga reglerna, fått godkännande att besöka Västberlin och tagit sig till ambassaderna bara några kilometer från gränsen. De försöker nu ansöka om medborgarskap eller visum i något av länderna framför den ryska järnridån. Som den optimistiska tysk Moritz är, som tror på ett enat

Tyskland, går en varm känsla genom kroppen när cykeln rullar vidare mot gränsövergången.

"Ausweis, bitte", gränsvaktens minspel är nästintill dött. Bara munnen rör sig när Moritz räcker över sin legitimation till vakten. Vid gränsen finns ytterligare två vakter, varav en håller i en kopplad schäfer. Bakom Moritz står vakterna för västmakterna och observerar hur det går för den unga tysken de precis önskade lycka till. Vakten granskar legitimationen ovanligt länge och när blicken lämnar pappret med Moritz uppgifter, granskar vakten istället den västtyska militärklädseln.

"Vad syftet med ditt besök i DDR?", undrar vakten och ser nu betydligt mer levande ut i ansiktet. Han stirrar in i ögonen på Moritz. Vanligtvis är vakterna inte såhär stränga mot en västberlinare men den ökade spänningen kring gränsen är antagligen en påverkande faktor.

”Jag är här för att överlämna detta kuvert. Det
tillhör en advokatbyrå och ska till en av deras
klienter.”

Moritz svarar försiktigt och försöker möta
vaktens skarpa ögon. Vakten tittar på kuvertet
som vilar i handen och ber om att få ta en titt på
innehållet. Enligt vakten är det en skyldighet att
genomsöka samtliga föremål som eventuellt ska
korsa gränsen, men detta vet Moritz sedan
länge.

Efter ett par minuter återkommer vakten från
en av barackerna vid gränsen och räcker över
kuvertet. Han tittar återigen skarpt med sina
ögon på Moritz, västtysken sväljer tungt.
”Allt i sin ordning. Du kan bege dig till
Friedrichshain och Herr Rheinstolz. Vi har sett
framemot att bli av med den desertören. Men
inga omvägar, du ska vara tillbaka här senast
klockan 20 som förutbestämt. Är det förstått, du
Wessie?”

Moritz cyklar så fort han kan genom gatorna i Östberlin. Han skrattar till när han tänker på att han blev kallad "Wessie" av vakten, ett skällsord som används av östtyska myndigheter för att, enligt dem, urskilja giriga kapitalister från deras eget folk. Gatorna är tomma på folk och inga bilar syns till förutom en eller annan Trabant, den plastiga lilla bilen som bara enstaka personer i öst får tillgång till. Enligt militärledarna för Moritz och hans militärvänner är det bara de mest lojala partikamraterna som får en bil, om ens det. Det kan inte vara så många lojala kamrater i öst om det är såhär få bilar ute och kör, tänker Moritz. Snart passerar han den ökända spionbron Jannowitzbrücke där öst och väst lämnar över påkomna spioner mellan varandra.

Moritz står utanför adressen som hans karismatiske advokatamerikan skrev ner på kuvertet innan han lämnade kontoret på Tauentzienstraße. På en av ringklockorna står namnet han söker. Bredvid namnet är en röd prick påklistrad, men mer än så hinner in Moritz fundera innan en signal ljuder och porten kan öppnas. Herr Rheinstolz har redan öppnat sin ytterdörr när Moritz kommer in genom porten.

"Du bist ja ein schneller Radfahrer, mein Junge", säger Rheinstolz och ler med ett utmattat ansiktsuttryck. Han är imponerad över hur snabbt Moritz tagit sig till den smutsiga byggnaden långt in i Östberlin. Moritz kan inte ens föreställa sig hur brutal den östtyska säkerhetspolisen måste ha varit mot Rheinstolz innan det nu blivit klart att han utvisas från öst till väst.

"Ingen fara, jag hoppas att allt kommer att gå bra för er nu, Herr Rheinstolz", svarar Moritz och tar mannen i hand och känner hur handslagets kraft inte ens är häften så starkt som amerikanens. Moritz lämnar Rheinstolz i dörröppningen med kuvertet i mannens hand och går ut på gatan till sin cykel igen. Han låser upp låset och märker att det inte längre är helt tomt på gatan. En mörkbrun skåpbil står parkerad på andra sidan gatan.

Cykelns kedja slår mot själva cykeln när Moritz cyklar allt han kan på väg tillbaka mot gränsövergången. Trots att han fortfarande har ett par timmar kvar innan klockan är 20, vill Moritz undvika ett missöde med den östtyska vakten. Han vill inte heller ha några problem med den mörkbruna skåpbilen bakom honom. Bilen har snart följt honom från Rheinstolz' bostad ända till gränsövergången. I den sitter sannolikt ett par agenter från den östtyska säkerhetsapparaten, Stasi, som garanterat har frågor att ställa.

Moritz stiger av sin cykel på lagom avstånd till de östtyska vakterna för att inte uppmuntra en konfrontation eller misstanke om flyktförsök. Bakom honom stannar bilen med agenterna och inser att jakten på deras eventuella mullvad varit förgäves. Vakten känner igen den femtonåriga västtysken och viftar med handen att han ska passera. Schäfern i kopplet skäller till när cykelns ena hjul faller ner i ett litet hål i asfalten. Vakten som håller i hunden stirrar argt på Moritz och ryter: "Skönt att slippa dig, din förbannade Wessie."

Moritz tittar ner i asfalten när han passerar vakten och tar ett långt kliv över den utmålade linjen som illustrerar gränsen mellan de två blocken.

Vakterna som tillhör den amerikanska armén skrattar till när Moritz kommer gåendes med sin cykel. De har hört vakternas benämning av honom och förstått den lilla tyska de hört. En av vakterna ger tummen upp och mimar sen en applåd. Den andra vakten mittemot säger med en skämtsam ton: "Allt väl, Ossie?"

De skrattar alla tre i takt.

Die Mauer & Helen

På det västtyska försvarsinstitutet i Bonn sitter
en 21-årig militär och fyller i koordinaterna inför
en kommande övning på ett formaliablad.
Övningen som planerats i fullo av honom själv
ska genomföras i närheten av den skotska
gränsen på Nordsjön. Tanken med övningen är
att den ska lära upp de nya adepterna i den
västtyska flottan att hantera aggressiv sjögång.
Anledningen till att dessa övningar planeras av
den fortfarande mycket unga västberlinaren är
resultatet av hans utmärkta insatser borta i
Kalifornien 1958. Där, under ledningen av den

finansiella grunden inom västtysk militär, USA, imponerade Moritz stort med sin inlevelseförmåga samt öga för detaljer. Med sina 17 år började övningarna med undermåliga resultat, men efter en kämpainsats vände lyckan och Moritz blev utsedd till bäst i sin årsgrupp. Innan hemkomsten till Västberlin hade Moritz redan skapat sig ett namn inom militärens ungdomsrörelse och lovordades av flertalet övningsledare. När året blev 1961 och Moritz precis fyllt 20 år, erbjöd militären honom flertalet tjänster som övningskoordinator. Orterna där han kunde välja att arbeta blev helt plötsligt ett priviligierat problem.

När han lämnande besked gällande sitt val, hade Moritz diskuterat valet med sin mamma som alltid fanns där för honom. Stödet från mamman och förståelsen för hans önskan om att lämna det nu inmurade Västberlin var enorm. Hon fanns vid hans sida ända tills den dagen hans plan var redo för ombordstigning på

Tempelhofs flygplats. Moritz tog farväl av sin mamma och enstaka bröder vid gaten. Han kunde inte, trots att han så gärna ville, ignorera det faktum att pappan var ingenstans att finna. Frånvaron stack till som en nål i själen. En ledsen mamma slängde kyssar mot Moritz och de båda grät när dörrarna till gaten slog igen. De visste inte när eller om de någonsin skulle ses igen.

Valet för Moritz föll på Västtysklands huvudstad Bonn. I Bonn erbjöds han inte bara att ta del av all toppmodern utrustning inom försvarsinstitutet, utan där fanns även den lyx som en västtysk bakom Berlinmuren bara kunde drömma om. Inte ens importen från väst in i Västberlin kunde fylla drömmen om den fria marknaden som länderna i väst kunde erbjuda. Han lämnade den lilla "ön" i väst för ett nytt livsäventyr och en spännande utmaning. Moritz gjorde allt för att slippa den grå muren som nu skar igenom hans älskade hemstad.

Förutom att den förstört mycket av den lilla skönhet som fanns i Berlin, hade muren slutgiltigt gjort det omöjligt för honom att besöka sin favorit, Potsdam.

Moritz tittar ut över det stora kontorsbordet där hela övningsplanen är fastspänd i varje hörn av bordet. Koordinaterna som Moritz val ut har, efter noggrant urval, accepterats av högsta befäl. Om ett par månader ska de unga trupperna sjösättas och Moritz har ombetts följa utvecklingen från Edinburghs västtyska ambassad när tiden för övningarna är kommen.

Karriären inom militären har utvecklats med stormsteg från det att Moritz var en utstött adept som extrajobbade som springpojke. Men trots denna utveckling har han båda sina fötter kvar på jorden, precis som han har lovat sin mamma hemma i Västberlin. Under året i Bonn har Moritz hunnit fylla 21 år och vuxit upp så snabbt han kan i en värld som präglas av ett kallt krig. Bortsett från allvaret i allt det militära, har Moritz lärt känna nya människor. Dessa nya vänner har tagit väl hand om Moritz och samtliga är uppvuxna i Västtyskland. De vet knappt om att Berlins öde nu grundar sig i en mur genom stadens hjärta trots att läget i västerländsk media beskrivs som hotfullt. Moritz tänker mycket på sin familj som fortfarande är kvar i den uppdelade staden han en gång kallade hemma. De är kvar i en stad som är centrat av konflikten mellan Sovjet och USA.

I Bonn är stämningen för det mesta avslappnad, ingen förutom militären förstår allvaret i konflikten mellan världens stormakter. På gatorna rör sig människor med ansiktsuttryck som bara ett fritt folk bär, tänker Moritz när han går till institutet på morgnarna eller när han lämnar för dagen. Under sitt år i Bonn och Västtyskland har ingenting varit sig likt. Han kan köra bil utan att bli stoppad av gränsvakter eller poliser som undrar var han är på väg, en detalj som var nästintill omöjlig att undvika under hans tid i Västberlin. I Bonn behöver Moritz aldrig se sig över axeln för rädslan att någon följer efter honom. Även om Västberlin förskonats från den värsta övervakningen, i alla fall jämfört med sin syster i öst, sker det kidnappningar av västtysk militär av Stasi. En aspekt som Moritz nu drar en lättnadens suck över att få slippa.

Utöver rörelsefriheten i Bonn, finns ett överflöd av restauranger att tillgå i den västtyska huvudstaden. Någonting som Moritz bara kunde fantisera om innan sin flytt till det verkliga väst. På kvällarna beger sig Moritz och hans vänner därför till barer eller restauranger med en mängd olika drycker och rätter på sina menyer. Istället för att fundera om det finns mat nog till alla besökare, som i Västberlin, kan Moritz nu istället fundera i en kvart över vilken öl han vill dricka. Till en början av sin tid i väst brukade hans västvänner småskratta över den nyinflyttade västberlinarens beslutsångest.

En av platserna som Moritz och hans kollegor är stamgäster på är den fashionabla restaurangen "Der alte Löwe", det gamla lejonet. Där serveras all den lyx från Frankrike eller Italien som bara öststaterna kan drömma om. Det är en plats där nya idéer hos den priviligierade befolkningen kläcks och skålas för. Restaurangen är en favorit bland militärpersonal och kallas av vissa för "Logementet". Maten och vinerna lockar inte bara människorna från försvarsinstitutet, även för flertalet anställda inom de omgivande ambassaderna är restaurangen en favorit. Ambassadörerna och deras sekreterare äter tillsammans med militärerna och bildar den intellektuella frammarsch som väst försöker spegla gentemot omvärlden.

Vid ett av de första besöken på det gamla lejonet kände sig Moritz oerhört malplacerad, men efter några minuter accepterade han det snobbiga förfarandet som ambassadörerna bidrog med. Han log artigt mot samtliga för att upprätthålla militärens anseende bland människorna som genom Amerikas finansiering nu kan arbeta i ett återuppbyggt Västtyskland. Dock kände han ett ökat behov av att han bara vill vara ifred. Den nya kulturen kunde göra mycket ont mot en känslig själ. Moritz önskade träffa en person som förstod sig på honom och hans bakgrund mer än bara ytligt. Den personen fann han fortare än vad han kunde ha önskat.

En kväll, under en ovanligt regnig månad, anlände den svenska ambassadören in genom lejonets dörrar. Han var alltid lika praktfull med sina dyra kostymer och sitt snobbiga uppträdande. Han utstrålade ofta en förväntan om att resterande besökare skulle applådera ambassadörens ankomst. Det han inte visste var att hans rykte om att vara ett svin inte gått någon förbi. Av ren artighet fick han sitta bland de besökare som hade oturen att vara hans bordsgäster.

Innan dörrarna slog igen bakom ambassadören, som han självklart inte höll upp för andra personer, skyndade hans unga sekreterare förbi. Uppenbart andfådd av ambassadörens hetsiga tempo, stannade hon upp i dörröppningen och observerade vart hennes chef tagit plats. Moritz observerade hur sekreterarens armar tyngdes ner av en tjock manlig pälsrock, dyblöt av det tilltagande regnet utanför. Han steg upp från sin stol med instinkten att hjälpa till. I hennes sökande efter ambassadören såg hon sig om i restaurangens fullsatta och vackra lokaler. Det var första gången Moritz och Helen fick ögonkontakt.

Helen arbetade på den svenska ambassaden i Bonn eftersom hon sökte ett äventyr. Med hennes 21 år begav hon sig ner på den europeiska kontinenten i jakt på nya intryck och en önskan om att bättra på sin tyska. Ett språk som i Sverige tappat i anseende i följderna av det andra världskriget. Att det blev Bonn var en ren slump, hennes tankar var inriktade på att uppleva Västtysklands pärla, München. Men efter att ha arbetat som sekreterare inom Stockholms olika advokatbyråer, dök möjligheten upp att arbeta på den svenska ambassaden åt ambassadören. Ett av kraven i annonsen var att tyskanivån skulle vara flytande, om den sökande inte hade tyska som modersmål.

För Helen, som bara studerat det tyska språket i ett par år, var den fortfarande på grundläggande nivå. Trots hennes uppriktighet inför intervjuaren, fick hon tjänsten med förklaringen att det skulle ordna sig väl i Bonn. Efter ett halvår i huvudstaden, var tyskan därför nu så pass duglig att hon utan problem kunde konversera med tvättäkta tyskar. Ambassadören var väldigt nöjd med hennes insatser och lovordade henne inför sina kollegor varje gång han fick chansen. Efter att han hyllat sin egen upplärningsförmåga, förstås. Förutom att vara sekreterare, upplevde hon sig även vara någon form av informell packåsna till ambassadörens jackor, väskor och andra snobbiga tillbehör.

"Kann ich Ihnen helfen?", säger Moritz på artig tyska till den unga kvinnan han inte ens vet namnet på. Hon tittar på honom och Moritz ser hur en regndroppe söker sig igenom hennes lugg och ner längs pannan. Helen lyfter upp pälsjackan och ger den till Moritz. Han känner hur vatten droppar över hans byxben och skor när han går den korta vägen till garderoben. I garderoben tittar de anställda argt på Moritz när han ber om att få lämna in den svenska ambassadörens blöta rock. De tar emot rocken och Moritz går därifrån utan att tänka på deras reaktion. Han vill prata mer med sekreteraren.

Helen står fortfarande och söker efter ambassadören när den unga tysken kommer

tillbaka. Han ler mot henne och frågar vad hon
heter.

”Mein Name ist Helen Olsson, wie heißen Sie?”,
undrar hon lika artigt som tysken tidigare frågat
om hon behövde hjälp.

”Jag heter Moritz Kimmich, jag är koordinator
inom försvarsinstitutet här i Bonn. Arbetar ni på
ambassaden?”, Moritz vill inte verka för
framfusig trots att de båda vet om att hon
arbetar åt svinet på svenska ambassaden. Helen
tittar på Moritz och ler över att hon förstår att
den unga mannen framför henne är intresserad.
Han ser dock nervös ut och för ofta sin blick mot
det utslitna trägolvet. Hon svarar honom kort
och tydligt: ”Ja, det gör jag. Men nog om det, jag
är inte här för att prata arbete. Nu vill jag bara
ha någonting att dricka.”

Helen märker hur hon nästan blir uttråkad av
att ens nämna några ord om sin tjänst.

Moritz erbjuder sig att köpa en drick till
Helen och pekar bort mot baren. Hon tackar

snabbt nej och förklarar att hon mer än gärna köper sin egen öl. Hon förtydligar dock att han gärna får göra henne sällskap vid baren och berätta mer om sig själv. Det är i detta ögonblick som Moritz inser att han mött kvinnan i sitt liv, utan att helt förstå vad som får honom att tänka så. Han försöker slappna av och vara lugn när Helen pratar och skrattar, men hela hans väsen vill bara hålla om henne och göra henne lycklig. Moritz har aldrig känt såhär starkt för någon, förutom för sin mamma, men detta är någonting nytt. Han dricker knappt upp sin öl under deras första möte. Istället går tiden åt till att lyssna till Helen när hon återger sina månader i Bonn och hennes liv i Stockholm.

Efter att de båda druckit upp sina öl och nästan två timmar har passerat, söker de tillsammans igenom lokalen med sina blickar efter den svenska ambassadören. Han syns inte till bland den lilla folkmassan som är kvar. Helen rycker till uppgivet med axlarna och säger till Moritz att hon ska röra sig hemåt. Han stiger upp samtidigt som Helen. Moritz vill inte att stunden ska ta slut så han tar mod till sig. Han frågar om det är okej att han följer henne hem så att ingenting händer på vägen. Helen tittar förvånat på honom, i Bonn händer nämligen aldrig någonting. Men trots detta accepterar hon vänligt tyskens erbjudande och de beger sig ut i regnet som fortsatt faller från Bonns himmel.

Bromma & Klas

Parken på Kungsholmen är full av leksugna barn i alla åldrar. Barnens skratt och rop ekar över det öppna fältet mitt i parken. Den varma vårsolen lyser på föräldrarna som observerar sina barns lek. Ett barn springer in i ett träd och föräldrarna är snabbt framme för att trösta. Ett annat barn springer förbi i full fart samtidigt som mamman försöker hålla jämnt tempo. De båda försvinner bort från fältet och rundar den stora busken vid slutet av parken. Maken och pappan till de som försvann bortåt frågar de andra vuxna var mamman och barnet tog vägen. I en synkroniserad rörelse pekar samtliga föräldrar mot busken och parkens ände. Mitt i havet av lekande barn springer en sjuårig pojke fram till Moritz och frågar på tyska: "Pappa, kan vi gå hem nu? Jag är hungrig."

Året var 1972. I snart åtta år hade Helen och Moritz bott i Stockholm. Efter att ha levt i Bonn tillsammans fram till 1964, kände Helen att hon ville flytta tillbaka till sitt hemland. Västtyskland hade blivit både hennes och sin pojkväns nya hemstad, men i det upptrappade hotet från kalla kriget kändes det inte längre tryggt. Att befinna sig i ett av de prioriterade länderna för eventuellt kärnvapenkrig var inte längre ett alternativ.

Tryggheten i det neutrala Sverige lockade Helen och det var även en faktor som Moritz visste om när de väl blev ett par under våren 1962. Han var inte främmande för att flytta till det skandinaviska landet som hans flickvän berättat så mycket gott om. När Helen väl nämnde att tiden var kommen att flytta, stöttade han beslutet fullt ut.

Efter förhandlingar med den västtyska armén, gavs Moritz till sist tillåtelse att förflytta sin verksamhet till den västtyska ambassaden i Stockholm. Där skulle samma moderna utrustning stå till hans förfogande som i Bonn, han och Helen skulle även garanteras lägenhet i en av de finare förorterna till den svenska huvudstaden. Utöver bostadsförmånen erbjöds svensklektioner för att underlätta en smidig och gynnsam integration. Ett par villkor för att ha dessa förmåner instiftades dock mellan armén och Moritz. Till exempel skulle arbetet som koordinator fortlöpa som förut, men med Stockholm istället för Bonn som utgångspunkt. Efter det gedigna och lyckade arbetet som koordinator inom försvarsinstitutet i Västtyskland, var armén inte beredda att enbart släppa Moritz talanger. Hans arbete utformades därför nu som koordinator periodvis i olika länder och städer beroende på övningsorter för den västtyska armén.

Arbetet som koordinator fortlöpte utan svårigheter och Helen fick tjänst som ordförande inom flera olika stiftelser redan innan flyttlasset nådde Stockholm. I lägenheten i Bromma kände sig Moritz som hemma de gånger han inte var stationerad i annat land. Standarden kring både bostäder och livsmedel var bättre i Sverige jämfört med det västtyska samhället, vilket förvånade honom. Han trodde länge att få länder utanför Västtyskland kunde mäta sig med hemlandet. När han introducerades för det som svenskarna kallade "Falukorv" ryggade han dock tillbaka i förakt och längtade hem till den tyska kosten. Även bilarna i Sverige fick honom att längta hem till tysk ingenjörskonst i kortare perioder. Men i det stora hela var han stolt över att leva i det trygga Sverige tillsammans med sin älskade Helen. Här kunde de skapa sig en framtid tillsammans utan ett ständigt hot om konflikt.

1965 föddes parets första barn, en son med namnet Klas. En liten, mörkhårig pojke som var fullt frisk och skrek högljutt ända ut i korridorerna på Karolinska sjukhuset. Moritz var den lyckligaste personen på jorden när hans son föddes. Men kraftansträngningen för det känsliga sinnet ledde till att han tuppade av i en fåtölj intill sjukhussängen efter att förlossningen var avklarad. En detalj som Helen ofta påminde honom om under Klas första år i livet, med en rejäl dos av skadeglädje därtill. Gällande deras sons namn var Moritz inte lika nöjd, han hade önskat att sonen skulle få ett tyskt namn. Men Moritz fick som många gånger innan vika sig för Helens starka vilja och beslutsamhet. Som tröst fick han tänka att han redan lärt sig godtagbar svenska och att han mer eller mindre kände sig svensk. Moritz såg framemot det nya livet med sin son och sin Helen.

I deras lägenhet i Bromma växte Klas upp i en trygg miljö där många andra barnfamiljer levde med sina jämnåriga barn. Redan vid ankomsten till Sverige hade Helen och Moritz lärt känna flera personer i området och på det sättet skapat sig ett socialt nätverk. Genom dessa vänner kunde Klas leka med deras respektive barn och han var aldrig mer än en kort promenad bort från en lekstund. Ett av barnen blev hans bäste vän, Per, och de lekte nästan varje dag efter att de båda varit hos sina dagmammor. När Klas inte umgicks med vännerna i kvarteret, var han mycket intresserad av leksaker och att leka krig. Moritz och Helen hade köpt leksaker för en mindre förmögenhet till sin lille son, vilka han till och med sov med när han inte lekte med dem. Samma sekund som Moritz berättat att han jobbade med militärsaker, blev Klas som besatt av att vilja bli militär. Bortsett från sitt barns militärdrömmar hade paret hittat absolut rätt. Bromma var en trygg plats att växa upp på för både Klas och hans föräldrar, en plats de valt med god omsorg för sitt barn.

När åren gick och Klas blev äldre, lärde han sig tyska med hjälp av sin pappa, vilket blev det enda språket han talade när de var ensamma. Helen förstod oftast vad han nyfiket frågade sin pappa om på det andra språket, men låtsades inte förstå för att Klas skulle känna en stark koppling till sin pappa. Moritz kände sig som svensk efter flera år i Sverige, men ville ändå hedra sitt ursprung och sin mamma genom att lära sitt barn hans modersmål. De tyska orden regnade fritt hemma i lägenheten i Bromma och Moritz var lika stolt varje gång han fick en fråga med ord som Klas hunnit lära sig. Klas njöt av att ha en frizon med sin pappa genom det tyska språket men till sist förstod dock Klas att mamma Helen också pratade tyska. Detta eftersom hon avbröt hans tjat mot sin pappa om att få köpa godis på en vardag.

När Klas fyllde 13 år uttryckte han en önskan om att få se Västtyskland tillsammans med sina föräldrar. I tidningar och böcker hade han läst om det storslagna Bayern med sina vackra slott, Rheinland-Pfalz med sina sjöar och Baden med närheten till kontinentens alla delikatesser. Klas ville se sin pappas hemland och var hans föräldrar träffades. Men både Helen och Moritz var en aning motsträviga, vilket Klas inte förstod. Hans pappa var en stolt tysk och hans mamma talade alltid gott om landet under hans uppväxt. Någonting berättade de inte för sin son och det gjorde honom upprörd.

Klas fyllde 13 år under 1978. Då var läget kritiskt i Europa och inom det kalla kriget, så pass kritiskt att väst respektive öst riktade kärnvapen mot varandra. Även spioneriets glansdagar skedde under denna period och Moritz visste mycket väl om hotbilden genom

sina militära uppdrag. Innan sin sons
födelsedag hade han varit stationerad i Lissabon
för att tillgodose NATO-trupper med goda
förutsättningar under deras övningar på
Atlanten. Väl i Portugal hade rapporter om
spioneri och uppgiftslämnande till fientlig makt
uppdagats. En del av uppgifterna som läckt till
öst gällde koordinater som Moritz var ansvarig
för i den portugisiska huvudstaden. En
misstanke gentemot Moritz växte fram inom
den västtyska militären och efter förhör i
Stockholm blev han till sist rentvådd från
misstanke. Men detta ledde till en ökad känsla
av att inte lämna Sverige om det inte var absolut
nödvändigt, en åsikt som Helen delade.

Klas däremot, som nu börjat visa aggressiva
tendenser, förstod inte alls hur hans föräldrar
kunde neka honom en resa till sin pappas
hemland. I raseri anklagade han sina föräldrar
för att inte tillgodose honom med en ökad
förståelse för omvärlden. Men hans föräldrar

ville värna om sin svenska trygghet och inte riskera att vara mitt i den stundande konflikten mellan USA och Sovjet. Att tillbringa tid i Västtyskland under denna kritiska period var en risk som inte var värd att ta.

De oroliga föräldrarnas oförståelse för hans önskan fortsatte under Klas tonår och hans irritation växte sig stark fram till 1983. Klas lämnade då Stockholm, 18 år gammal, för att flytta till Göteborg och stadens universitet. Detta var slutet på Klas' återkommande försök att slå sig fri från sina föräldrars omtanke och han kände sig nu vuxen. Innan tåget till Göteborg lämnade huvudstaden, skrev han ett brev som han placerade på köksbordet i Bromma. När Helen kom hem till ett tomt pojkrum öppnade hon brevet där Klas förklarade sin besvikelse över att inte ha blivit ordentligt lyssnad på under åren. Moritz blev rasande över nyheterna och besviken över sin sons beteende, känslor han nästan aldrig visat för sig själv eller någon annan. Helen försökte medla fred mellan de båda, men bron var redan bränd. Sedan det året och framåt blev relationen mellan Klas och Moritz densamma. De sågs sporadiskt när Helen bönade och bad om att få hälsa på i Göteborg.

Klas skapade sig ett nytt liv med flickvän på den svenska västkusten. Efter en examen inom juridik började han arbeta på en ansedd byrå i centrala Göteborg. I allt förakt som både Klas och Moritz hyste mot varandra, kunde Helen tyda en stolthet hos sin man över sin sons karriär. Även om Moritz inte glömt den amerikanska advokatens oförskämda förhållningssätt i Västberlin, var hans son nu utbildad jurist. Och om stoltheten redan bubblade då så blev den till en svallvåg när beskedet från Göteborg kom fram till Helen under 1986. Hon berättade att Moritz blivit farfar till en liten pojke. Pojken skulle heta Alexander.

Sorg & Återkomst

Moritz sitter längst fram i kyrkan. Den främsta raden är reserverad för Helens närmsta vänner och släkt. Än så länge sitter han där ensam och hör hur kyrkans sal fylls på kontinuerligt. Försiktiga steg hörs på det hårda golvet. En av de människor som kommit in i kyrkan når fram till Moritz där han sitter ensam. Moritz tittar framåt med en sorgfylld blick och känner hur en hand lägger sig på en av hans axlar. Det är hans barnbarn, Alexander, som tittar på sin farfar med en lika sorgsen blick. De nickar mot varandra utan att säga ett ord. Båda två förstår att ord är överflödiga i denna stund. Vid kyrkans ingång bakom Alex kommer en 40-årig Klas gåendes med en bukett i handen. De tittar inte på varandra.

På kistan framför de främre raderna ligger massvis med blommor och fotografier på en mamma, en vän och en farmor som älskades monumentalt. Alldeles för ung, 64 år gammal, togs hon från de som höll henne kär. Nu sitter alla samlade för att ta farväl av Helen Kimmich. Tårarna vill inte ta slut när Moritz försöker torka bort dem från sina kinder. Han sitter för det mesta och tittar på kistan med bilden på sitt livs kärlek.

Moritz varken vill eller kan föreställa sig ett liv utan sin stöttepelare, sin fru och sitt allt. Efter att prästen pratat om allt som var Helen, spelas hennes favoritsång "Über den Wolken". Den lyssnade hon på många gånger under sin tid med Moritz. Sången blev tonerna till deras äktenskaps vackra sidor och musiken som förklarade hur mycket de älskade varandra. Moritz nynnar med till sångerskan som återger den tyska texten. Han känner hur tårarna ökar i mängd och behöver blunda för att kunna torka bort allihop med hjälp av näsduken i sin hand.

Utanför kyrkan, när ceremonin är över, möts alla som deltagit under begravningen upp. Moritz står vid kyrkans massiva dörrar och möter alla som vill dela sin sorg. Han tackar vänligt för allas närvaro och ser hur majoriteten därefter går längs den långa grusvägen och sedan sätter sig i sina bilar. Helen önskade ingen mottagning efter sin begravning. Hon uttryckte sig ordagrant att om hon "skulle tacka för sig innan sin försiktige man" så skulle pengarna sparas och gå till någonting roligt. Trots hennes önskan om att inte sörja för mycket, har Moritz anordnat en liten tillställning till sin frus minne hemma i lägenheten i Bromma. Där hade de nästan hunnit dela 40 år innan Helen blev sjuk.

I lägenheten har Moritz dukat fram kakor och försökt koka kaffe lika bra som hans fru kunde. Inte ens två månader har passerat sedan han tog farväl, men det känns som en evighet som han tvingats vara utan Helen. Runt vardagsrumsbordet sitter hans son och barnbarnet Alexander kommer in från köket. De småpratar om hur det går för Alex på sitt studentjobb och om det går bra med kärleken. Efter att Alex och Klas diskuterat hockeysäsongen tittar alla tre mot väggen med fotografier. Där hänger en bild på Moritz och Helen under sin första semester utanför Bonn. Moritz känner hur han blir varm av nostalgin som bilden väcker. Alex pekar mot en annan bild på Klas. På bilden sitter Klas i ett träd och har en isglass i handen. Det ser ut att vara varmt och sommar. Trädet har så många löv att det är svårt att urskilja grenen som Klas sitter på. Klas tittar och skrattar till: "Visst var det där när vi precis hade varit till tandläkaren, pappa?"

Moritz skrattar också till och svarar genom att nicka.

”Jag minns att jag hade så ont att jag pratade tyska med tandläkaren”, fortsätter Klas. Alex skrattar till när han tänker på hur förvirrad en stackars svensk tandläkare måste ha sett ut när en liten pojke började klaga på tyska.

Det är en fin stund mellan tre generationer, speciellt eftersom Moritz och Klas inte pratat särskilt mycket under de senaste åren. Det var Helen som höll ihop kontakten mellan far och son. När Alexander föddes blev besöken mer frekventa eftersom Moritz ville vara en bra farfar för den lilla pojken. Helen och hennes man reste flertalet gånger till Göteborg för att tillbringa tid med sin familj. Men oavsett hur Helen gjorde för att bygga upp bron mellan Moritz och Klas, fanns det alltid någon form av agg. Vissa gånger lämnade de varandra utan att ens ta i hand. Ett förhållningssätt som gjorde ont i Moritz, men som inte verkade beröra Klas.

Trots deras skiljaktigheter åkte Klas och Alexander med sin pappa tillika farfar till Potsdam vid ett tillfälle. Det var en lyckad resa som bidrog med fina minnen till alla tre. Men utöver denna resa fanns inte så många fler goda minnen.

En annan bild på väggen föreställer Alexander när han bara är ett par dagar gammal och Helen håller honom i sina armar. Hon ler som den stolta farmor hon är och de tre männen i vardagsrummet ler allihop med en samling tårar i samtliga ögon. Då berättar Moritz för sin son och sitt barnbarn någonting han burit på sedan sin fru dog. Han tvekar ett par sekunder men till sist tar han modet till sig: "Jag ska flytta tillbaka till Berlin."

Klas tittar med en arg blick på sin pappa, nästan som alla andra gånger. Han ställer ner sin kaffekopp som han precis skulle till att dricka ur. Alex ser dock glad ut och utbrister: "Aber Opa, das klingt ja toll!"

Moritz ler mot sitt barnbarn som han lärt tyska för att bevara släktens andraspråk, men återgår till ett mer återhållsamt ansiktsuttryck när han möter Klas ansikte. Sonen ser ut att nästan explodera av ilska när Moritz berättat sin plan för framtiden.

"Så du ska bara skita i mammas minne och lämna Bromma? Du Arschloch!"

Klas reser sig från köksstolen som placerats i vardagsrummet under mottagningen. Moritz visste att detta skulle ske, hans son är ofta argsint när han möts av nyheter som kanske inte överensstämmer med sina egna åsikter. Alexander försöker lugna sin pappa men Klas stirrar fortsatt argt på Moritz.

"Jag och Helen pratade länge om att flytta tillbaka till Tyskland redan när muren föll, för att jag skulle få uppleva ett återförenat Berlin."

Klas stirrar ännu mer på sin pappa när Moritz utvecklat sin plan för framtiden.

"Så du skiter i ditt barnbarn och bara lämnar Stockholm trots att han flyttat upp?", Klas syftar på att Alexander nu bor i huvudstaden för att studera och komma närmre sin farfar. Alex avbryter sin pappa: "Men pappa, klart att farfar ska få göra som han vill, det är ju inte en nyhet att han och farmor pratade om att flytta ner igen." Stämningen i rummet har helt förändrats från det att de tre männen tittade på väggens fotografier.

"Jag tycker du är självisk som gör detta, speciellt nu när mamma är död, tänk lite på oss ibland! Kom Alex, så går vi", Klas kokar av ilska och lämnar rummet. Kvar sitter Alexander och Moritz, de tittar på varandra som två frågetecken. De andra besökarna i vardagsrummet och i köket står tysta och funderar vad som hänt. Alex ställer sig upp och ber om ursäkt inför de andra gästerna för sin pappas beteende. Barnbarnet säger hej då till sin farfar och tar på sig sin jacka.

Moritz sitter kvar och blir återigen medveten om hur han tappat sin son. Det är en återkommande smärta att ha misslyckats som pappa, precis som hans egen pappa misslyckades med Moritz. Dock hoppas Moritz att han kommer kunna fortsätta bygga på relationen med sitt barnbarn, men den kraftansträngningen får han bekymra sig om senare. Samtalsnivån i lägenheten är snart tillbaka på samma nivå som den var innan Klas visade sitt missnöje. Moritz tittar på väggen med fotografierna och ser Helens varma leende på bilden med Alexander. Han tänker återvända till ett återförenat Berlin, precis så som han och hans kärlek hade planerat.

Att komma vidare

Alex & Moritz

Båten på Potsdams största sjö gungar till när en förbipasserande roddbåt skär igenom ytan och skapar efterföljande vågor. Paret i den andra båten skrattar och ler mot mig när de passerar i snabb takt. Jag ler tillbaka och imponeras av att de nästan flyger fram på den spegelblanka vattenytan. Min blick söker sig från paret och till de stränder som omger sjön. Det går att urskilja människor som njuter av den varma temperaturen och som lagt ut sina picknickfiltar. Det är en fin bild av människor som njuter av en plats som för min farfar inte gick att nå för bara 30 år sedan.

Sjön har varit min psykologmottagning den senaste timmen. Men denna gång är det inte Frida som sitter mittemot, det är farfar. I luften blåser ett par moln förbi och skymmer solen tillfälligt innan solstrålarna återigen speglas på vattenytan. En av strålarna skiner i mitt ansikte och jag behöver hålla upp handen för att inte bli bländad, farfar gör likadant när det är hans tur att bli bländad. Både jag och farfar gungar med hela våra kroppar när vågorna från den andra båtens färd når vår roddbåt. Vi ser båda att en av årorna är på väg av båten, farfar är snabbt där och greppar tag.

Det är mycket information som jag fått till mig, och det som farfar har berättat är i många avseenden överraskande och helt nytt. Den stränga och kritiska bilden av min farfar känns under tiden i båten som en livslång lögn. Jag har då och då misstänkt att min pappa, Klas, försökt att utmåla min farfar som en hemskt envis och osympatisk människa eftersom de inte kommit överens genom åren. Men att min farfar inte kan visa känslor är någonting som går att bestrida i och med den nya informationen. Den envisa och stränga bilden bygger mest på en personlig besvikelse över att ha misslyckats som pappa till Klas, precis som farfar berättat att hans egen pappa gjorde.

Mina tankar går mest till att farfars pappa var frånvarande och en man som formades av en tid där jaget prioriterades. Tiden efter kriget var en påfrestning för tusentals, om inte miljontals tyskar som försökte skapa sig ett nytt liv. Konsekvenserna av den samtiden fick farfar och många andra med sina starka känsloregister genomlida. De formades till att inte lyssna till deras känslor mer än nödvändigt utifrån en manlig stereotyp. En stereotyp som lever kvar även i mitt samhälle.

Det som farfar berättat har dock visat att han vågade visa känslor i en kall värld, även om det flera gånger innebar förnedring av sin pappa, sina militäradepter eller sin egen son. Han kämpade på genom ett kallt krig, han orkade bygga sig ett liv i ett Västtyskland där jaget betydde allt. Farfar lämnade sitt älskade Berlin och Potsdam, hans mamma såg han aldrig mer efter avskedet på Tempelhofs flygplats. Trots sin känslomässiga personlighet mötte han utmaningarna att bege sig till Bonn, där träffade han sitt livs kärlek och genom att utmana sig ännu en gång fann han sitt andra land, Sverige.

När vi ror in mot land känner jag en enorm stolthet över min farfar. Jag känner igen mig i hans känslor och förstår att jag var någonting på spåren, tillsammans med Frida, när vi tog beslutet att ta kontakt med farfar. Jag tänker också på hur vi båda förlorat människor vi gemensamt älskat, mer bestämt mamma och farmor. Vi pratade om dem ute på sjön och kom fram till att vi ska bearbeta deras bortgångar tillsammans, trots att det var många år sedan de dog. På något vis har vi hittat varandra kring den viktiga punkten och förstått att vi liknar varandra i vår sorg.

Mötet med farfar har varit någon form av början på att hitta mig själv i alla mina egna känslor. Under min filosofistund har farfars starka, åldrande armar nästan rott oss hela vägen in till uthyrningsstationen. Innan personalen vid stranden tar emot oss, observerar jag i tystnad hur farfar justerar båten mot strandkanten. Han kan båtar med förbundna ögon och han älskar uppenbart friden på sjön.

Vi åker genom Potsdams skogar tillbaka mot Berlin i farfars mercedes. Han manövrerar den enorma ratten återigen med flärd. Motorn ryter ifrån när vi lutar oss i snäva kurvor och nästan lyfter vid väggens gupp. Farfar har fortfarande radion inställd på 70-talsmusik, han klappar

ännu en gång på ratten i takt med de tyska hitlåtarna. Jag tittar ut genom fönstret och känner hur värmen börjat stiga inne i bilen. Min hand börjar veva ner rutan i den gamla bilen. När rutan är halvvägs ner känner jag en hand på min vänstra arm. Farfar säger till strängt och bestämt, lite på skämt: "Veva upp! Det blir korsdrag. Man hör inte musiken."
Jag skrattar och farfar ler smått. Rutan vevas upp igen, jag känner inte för att utmana ödet, även om det känns som om farfar skämtar med mig. Rutan är tillbaka i samma läge som innan och i bilen blir det varmare. När jag lutar mig tillbaka i det vinröda lädersätet för att färdas mot Berlin igen, kommer det gnisslande ljudet från lädret tillbaka.

När planet landar på Arlandas landningsbanor känner jag hur en optimism börjat växa fram kring min panikångest och alla attacker som spökar i mina sinnen. Innan jag började gå i terapi och träffa Frida, kändes tillvaron otroligt mörk. Men efter att mina träffar med henne visat sig fungera bättre än vad jag hoppades på, växte strategierna fram som ska kunna ordna upp de lösa trådarna som finns och funnits inom mig. Bevisligen var beslutet att träffa farfar och på riktigt fråga honom om sitt förflutna ett steg i rätt riktning. En byggsten har hittats genom att förstå att en släkting som framstått som sträng och känslokall, i själva verket är nära sina känslor. Det verktyget kommer jag använda mig utav när jag möter den ångesten som tidigare varit vilseledande och skrämmande, vilseledande eftersom jag länge trott att jag är ensam i släkten att ha ett starkt känsloregister.

I ankomsthallen står Christian. I sin hand håller han i kopplet som Frasse ihärdigt försöker komma bort ifrån när han får syn på mig i folkmassan. Efter ett par pussar från Frasses blöta tunga, torkar jag bort dem med hjälp av min tröjärm och kramar om Christian som välkomnar mig hem.

I bilen ligger ett paket på passagerarsätet. På det står mitt namn och jag tittar misstänksamt på Christian. Jag sätter mig i sätet och håller paketet i min hand. Christian tittar med spänning på mig och sedan på paketet. Till sist tappar han tålamodet och utbrister: "Men öppna det då!"

Frasse skäller till som om han håller med sin husse. Jag öppnar försiktigt upp presenten och ler med hela ansiktet när det visar sig vad som gömt sig bakom inslagningen. Det är ett fotografi på mig, Christian och Frasse från kvällen då vi satt och tittade ut över vår gemensamma stad. Jag är på väg att lägga ner den inramade bilden i min ryggsäck när Christian återigen utbrister, denna gång ännu högre: "Men hallå! Det är ett kort där i också."

I det upprivna pappret hittar jag ett kort. Jag sneglar mot Christian och öppnar kortet. Där i står det med slarvig handstil: "Till vår fina vän, utan dig är allt så tråkigt, och utan dig skulle Frasse inte vara lika glad. Här får du därför en bild på oss, för utan dig är vår trio inte komplett."

Jag torkar bort en tår från kinden innan den hinner droppa ner på mina byxor.

"Tack så mycket. Det hade du, eller ni, verkligen inte behövt" säger jag och känner hur Frasse pussar mig på kinden från sin plats i baksätet.

På gatan utanför min lägenhetsbyggnad är det fullt med bilar. Vi försöker hitta en lucka där vi kan stanna till för att inte blockera vägen för de andra bilisterna. Christian släpper av mig längre upp på gatan och jag säger hej då till båda två. Frasse ser sorgset på mig när jag stiger ur bilen. Christian ber mig höra av mig hur det sista mötet med Frida gått, det är inplanerat dagen efter min hemkomst från Berlin. Jag tackar återigen för skjutsen från flygplatsen och stänger igen dörren.

I passagen till innergården står en person vid postboxarna. Innan jag når fram inser jag att det är föreningens ordförande. Vi hälsar artigt på varandra, vilket förvånar mig. Hon har uppenbart begravt stridsyxan efter att jag slutat engagera mig mer än nödvändigt i föreningen. Innan jag passerat henne frågar hon kort men vänligt: "Alex, är det okej om du fixar lite sån där god frukt till nästa möte på måndag? Men bara om du hinner, såklart."

Jag svarar henne att det inte är några problem, bara jag slipper höra om mitt kaffe från Grönlundarna igen. Hon skrattar till och avslutar vårt möte: "Oroa dig inte, deras klagomål tar jag hand om hädanefter."

Jag låser upp min postbox och där i ligger en påminnelse om mötet imorgon med Frida. Där ska vi gå igenom hur strategierna fungerat och om jag börjat må bättre. Det är även sista gången vi ska ses, i alla fall för denna gång. Ett återfall har jag haft i form av en kraftig panikattack. Då ringde jag Frida och vi beslutade oss om att jag skulle ringa och boka tid om en till dök upp, men lyckligtvis har jag skonats från den andra attacken. Postboxen innehåller ingenting annat förutom en broschyr från frikyrkan nedanför gatan. Jag låser boxen igen och går in på innergården.

Johanna sitter på en filt på gräsmattan. Hon blir glad av att se mig och jag känner själv hur min kropp skriker efter en kram från just henne. Johanna kliver upp från filten och småspringer fram till mig och omfamnar mig kärleksfullt. Vi pratar kort om att eventuellt ses till veckan. Jag förklarar att jag är trött efter att ha rest, vilket Johanna förstår. Innan vi skiljs åt ger hon mig ännu en kram och säger blygt: "Det var kul att se dig igen, vi ses."

Hon studsar tillbaka mot sin filt och jag står kvar ett par sekunder innan jag rör mig.

Mina fotsteg ekar mot innergårdens fasader innan jag når porten och låser upp den grå plåtdörren. Lägenheten är varm efter att inte ha vädrats under mina dagar i Tyskland. Det luktar lite avlopp från badrummet och i vardagsrummet står ett glas med vatten kvar på bordet. Även en odiskad tallrik ligger i diskhon. Jag minns att jag hade bråttom till flygbussen när jag skulle hälsa på farfar. Bortsett från dessa slarviga detaljer känns lägenheten fin, den känns inte lika dyster som den brukar göra. De vita väggarna lyser upp de små ytorna med hjälp av kvällssolen.

Efter att ha spolat vatten i handfatet och i golvbrunnen för att ta bort den illaluktande avloppslukten, lägger jag mig på sängen och andas ut. Kvar i hallen står resväskan och väntar på att bli uppackad. Men det får vänta, nu vill jag bara ta in känslan av att vara hemma. Jag tittar upp i taket och tänker på min saknade mamma. Innan min trötta kropp somnar, tänker jag på min modiga och känslofyllda farfar.

Tack till

Arbetet med denna bok har varit otroligt inspirerande och utvecklande för mig som person. Det har varit en form av förlängd terapi utanför samtalsrummet. Men som med alla andra verk så kan det inte ha genomförts utan stöd och kärlek från vänner och familj. Därför vill jag kort tacka några av dem som hjälpt mig med inspiration eller allmänt gett mig kunskap att ta med i livet.

All kärlek till mina föräldrar som trots de geografiska avstånden ändå försöker vara de stöttepelarna som den personen jag är behöver.

Min bror, Kim, som alltid står vid min sida om det så är utanför en pendelstation i Hamburg eller via ett samtal på telefon. Till mina farföräldrar och min mormor, era lovord kring min första bok "Kevlarsjäl" gav mig mod att fortsätta försöka berätta mina historier. Till min bäste vän, Philip, som sedan jag kan minnas lyssnat på och försökt förstå mig. Till August och Jonatan som frivilligt korrläst och gett feedback kring boken. Till Vendela som stöttat en känslofylld pojkvän som inte alltid är logisk eller lugn. Till Christer, min terapeut, som fick mig att förstå vem jag egentligen är och kan bli.

Till sist, till morfar, isoisä, hoppas du har det bra var du än är och att min hund Sigge inte skapar för mycket bekymmer. Tack!